傻瓜一世

林治平的生命故事

林治平———口述

田疇————整理

目錄

PART I
在戰亂中揭開人生序幕

01　**烽煙四起　多次與死亡擦身**　　　026

逃難時經歷過許多危險，我們曾跨過死人堆、在火車車頂上經歷過炸彈爆炸、一聽到警報聲就逃往防空洞。那時什麼都沒有保障……

02　**避居虎尾　難忘鄉村生活**　　　034

眷舍四周一大片一大片的蔗田、周邊空曠的草坪池塘，還有幾個二次大戰留下的防空洞，是我們經常留連忘返的地方。這些鄉村經驗，是現代人難以企及的。

03　**自我放逐　抗拒權威痛苦掙扎**　　　042

初中三年的寶貴時光，竟然只是在內心滴血的憤懣與痛苦中度過。在學校中，我成為一個自我放逐的人，反叛是我的快樂，逃避成為一種習慣。

04　**熱愛籃球　因青年歸主接觸福音**　　　052

我們可以光腳上場，腳板一碰地，「哇！好燙！」但南台灣的艷陽，絲毫擋不住我們衝刺打球的火熱情緒，任憑腳底結痂結繭也不以為苦。

PART II
展開找人旅程

PART III
挖掘愛礦

●

上帝忠心的僕人

　　我與林治平的情誼有好幾層關係，在年齡上，我是他的小老弟；在中原大學任職期間，我們曾是同事；到我接下校長時，任命他擔任通識教育中心主任、人文教育學院院長，他與我則是部屬與長官；在宇宙光我擔任董事，與他又是同工。

　　我們最初認識是在林治平唸大學時期，那時他在許昌街青年團契聚會，與我哥哥張衛中、姐姐張培士同在團契大專組。我父母那時常接待宣教士，主日禮拜後也常接待團契青年來家裡用餐，治平與曉風是我們最常邀請的對象，他們在大一時就開始談戀愛，可說在我們家約會很多次。那時我對林治平的印象，是一個很有主見的人，在我們家中聚會時，常常聽到他發表意見。

　　與林治平開始較多互動，是1981年我從國外回來接任中原大學企管系主任，那時林治平在中原開設近代史課程，我們倆成為同事。這麼多年來，我聽到許多老校友一講起中原，都會

提到「林治平老師」，而且都是說到當年讓他們做計畫、寫報告，苦得不得了，可是回想起來又覺得收穫豐富，非常懷念他嚴謹的教學風格。

我覺得林治平對中原最大的貢獻，就是參與制定教育宗旨與教育理念。

中原從韓偉院長時就開始「起飛」，到尹士豪校長任內時，中原已享有名聲，各項制度都超前許多大學，這是因為中原校園文化與核心價值，是以耶穌基督救世博愛犧牲奉獻的精神建校。1987年時，尹校長接受我們一群基督徒老師的建議，擬將這些核心價值形諸文字，由王晃三教授及林治平等十位教授組成起草小組，我雖不在小組中，但對整個過程都非常關心了解。

起草小組歷經兩年半三十幾次會議，一字一句討論制定出來，1989年經過校務會議一百多位成員通過，具有民主基礎及共識。這樣的大學教育宗旨與理念制定過程，可說是全世界古今中外，絕無僅有。

招生「撇步」落實全人教育

林治平是起草小組中對理念最有貢獻的人，特別是在中原大學教育理念首句：「我們尊重自然與人性的尊嚴，尋求天人物我間的和諧……」。記得當時第一次聽到「天人物我」，印象深刻，這是將朱熹承襲儒家天人和諧的理學思想融入教育理

念中，而且與基督信仰毫無衝突，我覺得非常好。

林治平將天人物我關係畫成一個很有名的圓——這真是他的智慧財產權——成為中原教育理念最基礎的核心價值，具有學術基礎，且將基督的愛、公義，神與人之間、人與人、人與物、人與自我的關係做了完美詮釋，將中國人的天人物我哲學理論，從距離遙遠的層次帶到與日常生活息息相關的層次，這是很不容易的事。

他在天人物我理念中融入基督信仰教義，將中國哲學的天人物我不夠完美之處，變為完美，可以說找不到任何缺點！就是在五倫關係——君臣、父子、兄弟、朋友、夫妻——之外，因著基督的博愛精神，補足了第六倫——與陌生人之間的關係。

林治平在中原教育理念的核心價值形成，我覺得這是他最偉大、最了不起的貢獻！

我在1991年獲董事會選出接任中原大學校長，宣示將這項教育宗旨及理念當成中原的精神憲法，接下來9年校長任期，我便堅定以教育理念作為行事治校的最高指導原則，在這以理念治校的任期中，林治平是我很大幫手！

我將天人物我關係作為治校的指導原則，並常常與林治平討論落實，於是將通識教育在中原大學的地位建立起來，正式成立「通識教育中心」，由林治平擔任首任主任。後來成立了人文與教育學院，林治平擔任首任院長，學院其中的特殊教育

系，是我和林治平決定創辦，成為全國第一個參與特殊教育教師培育的私立大學。

今日少子化情形嚴重的衝擊下，中原仍然滿額招生，2023年是連續第六年位居公私立綜合大學註冊率全國第一。許多人問我中原大學「撇步」何在，絕對與全人教育百分之百相關，我們落實全人教育，上帝就幫我們解決招生問題。

宇宙光事蹟 數算不完

我對林治平的認識，覺得他像是「一匹湖南騾子」，非常堅定、擇善固執，幾十年堅持擔任宇宙光義工總幹事，在宇宙光做的事太多太多，數算不完！

我認為他個人最了不起的，是在馬禮遜入華宣教兩百年紀念時，邀集海內外專家學者出版了七十本紀念文集。當時白培英董事長和我們幾位董事都覺得怎麼可能完成？但他真的完成這部令人佩服的鉅作。在上帝特別的帶領下，堅定認真的將這個「Mission Impossible」完成了，非常不容易！

治平同時在中原教書、擔任宇宙光總幹事，做這麼多事，上帝給他超人的體力、和堅忍持久的精神，還有，特別的信心。

宇宙光董事會對於每年度提出來的預算，常覺得怎麼可能達到，但治平每次都很有信心：「上帝會照顧我們的需要」，他的信心特別大，經過一次、兩次、三次……五十年來，宇宙

光經過了多少上帝帶領的神蹟，讓我們感動不已，林治平這種信心、對神單純依靠的心，非常了不起。

宇宙光從最初的雜誌社改名為全人關懷機構，與中原大學的全人教育理念相得益彰。治平將對全人教育、全人關懷當成一種信仰，我也是將全人教育當成信仰。我很感謝治平，一起在中原這麼多年，共同堅持把全人教育做了完美的推廣與發揮，做榮神益人的事。

林治平是一個非常堅持理想的人，在這個時代肩負使命感，以一生的信仰與堅持推動上帝託付，他是上帝忠心的僕人！

張光正

中原大學董事長／講座教授

推薦序 2

●

大推手

《和氏璧》

除了「空中英語教室」的彭蒙惠老師以外，在信仰旅程上，林治平林哥是影響我最深的人。

初次遇見他，是1974年暑假，因為他和張曉風張姐、導演黃以功創辦的藝術團契，正在為舞台劇《和氏璧》尋找卜和的人選。林哥戴著黑框眼鏡，看人總兩眼滿是笑意，使人不忍拒絕，三個月的排練，15場的演出，第一幕兩隻腿，第二幕剩一條腿，第三幕沒有腿，滿台爬，我也因著演出玉匠「卜和」，從此和林哥、張姐、黃以功導演及藝術團契，結下一生不解之緣。

二十世紀七〇年代，台灣教會對戲劇、電影敬而遠之。總覺得那是屬世界的，一旦太沉迷於影劇，就越來越離開主，我記得林哥當時就大聲的提出來：「讓屬天的藝術，重回屬神的祭壇」；1976年第一屆華福大會在香港就演出曉風姐寫的《庚

子年》，我演殉道的二毛子，戴繼宗院長演宣教士，當時他還在台中馬禮遜美國學校唸高中。之後我在藝術團契擔任副導多年，同時也在救世傳播協會（簡稱救傳）舉辦福音劇比賽，拍福音電影《兩兄弟》、《紅綠燈》，導福音歌劇《中華魂》、《文天祥》，都受林哥的鼓勵。我一直覺得林哥是上帝為台灣教會在文化、藝術領域中預備的先知。

潑冰水

當時我雖然在救傳服事，但是心裡仍然有一個導演夢，我向神的禱告是：「主啊，我把自己最好的五年獻給祢，但我還是要出國，我要去美國讀導演，有一天我要拿金馬獎……」某天，接到一位向來崇拜的大導演的邀請，指定我擔任他的副導演，一起到歐洲拍片，薪水是救傳的二十倍，無暇思索、立馬答應。哇！每個聽到消息的人都為我高興，我準備第二天到救傳就提出辭呈。當天晚上照例參加藝術團契的排戲。排戲之前林哥有20分鐘的靈修時間，他講到約翰福音二十一章，耶穌被釘十字架後，門徒四散的光景，彼得帶著大家回去打魚，可是連夜撒網，卻連一條魚都打不到。結果，「天將亮的時候，耶穌站在岸上……耶穌說，你們把網撒在船的右邊，就必得著。他們便撒下網去，竟拉不上來了，因為魚甚多。」一直到現在，我還記得林哥的結論：「彼得原是專業的漁夫，然而他憑著自己的專業，忙碌了一個晚上卻一條魚都打不到，他順著耶

穌的引領，卻網到超過他所求所想的魚。」林哥的手指頭有意無意的指著我的方向，「雖然你是專業，如果不是出於神，你一條魚也打不著……」

狠狠被潑了一大盆冷水，不！是冰水！迫使我去面對選擇比努力更重要的事實。「在你的生命中，誰是主人？是你？還是主？」

「你愛我比這些更深嗎？」之後我處理救傳與國度事務時，這句話總反覆出現。

驚嘆號

早期林哥所有的事奉我都會參與，和林哥的互動，除了藝術團契，當然就是「宇宙光」，他從「全人」到「找人」，到「送炭」還有「福音戒毒」，我都鼓掌、都贊成、也都阿們，但是經費怎麼辦？林哥卻永遠老神在在，沒有一絲緊張，沒想到事工就是這樣做出來，就像宇宙光九樓那張「驚嘆號」的桌子，真是充滿神蹟；事事都是驚嘆號！

堆柴禾

林哥可說是全天候的義工，唯一支薪的是中原大學的教授，但是八〇年代我在文化大學兼課；九〇年代則在台神和華崗藝校，從來沒有機會在中原大學上課。九〇年代末，林哥在中原大學通識教育課程裡，特別規畫了一堂「生死學」。有一

天，他問我有沒有興趣用專題演講的方式來上一堂「從戲劇藝術談生論死」的課。這一堂課真是結合了我的專業和呼召，在理工起家的大學院校，對理工人講戲劇談生死，用教育來包裹福音與信仰，特異的組合迸發出奇妙的火花，帶出了我的熱情，同學也熱烈的回應，使得我一上就是十年，一直到林哥從中原退休。後來通識教育的葉淑貞老師「人生管理」講座接續邀請我，我以「築夢～戲劇與人生」鼓勵年輕同學，設定人生目標「築夢」，居然有同學課後跟我聊到信仰，請我為她祝福。這些機會和熱情都是從林哥開始的。他像是堆柴禾的人。柴禾堆得高高的，讓基督徒各適其所的燃燒自己的專業與熱情，重點是潛移默化年輕的心。林哥本身是人文歷史社會學的背景，但是多年在中原，他知曉如何與理工人對話。我又何等榮幸受他邀請，並樂在其中。

踢一腳

　　林哥真真是基督裡的兄長，具有一種屬靈的權柄，我總下意識的跟著他的腳步走，知道可以信任。在他擔任董事長的伯大尼育幼院，我自2010年起也擔任董事，期間不時聽林哥感嘆孤兒是越來越少，但是家庭功能低下，反倒「類孤兒」是越來越多。與其坐等孤兒，不如主動出擊，「那麼還可以做些什麼？」他提出了興建「來樓」的想法：「來」是因為主耶穌說：「不要禁止他們（兒童）到我面前來……」類孤兒這麼

多，應該呼召基督徒共同來營造類似家庭的互動，主動去彌補當代家庭功能的缺憾，讓兒童都能夠在信仰與福音中成長，恢復對家的信任。他真是屬靈的夢想家，永遠不滿足，始終看到需要。

2020年初伯大尼「來樓」落成，4月底，面對許多新的事工，需要全面建立新的團隊，有時候真是千頭萬緒。一天，接到林哥的電話：「善群，你可不可以出來幫我，承擔伯大尼全面更新的工作。」莫說自己是董事，本來就職責攸關；何況這番話還是由林哥說出來的。事實上本來6月規畫好要返回美國，卻因為新冠肺炎疫情，太太及兩個女兒在Zoom上表示，堅決不要我搭飛機回美國，結果卻是主早已安排一切。我雖然倉促上路，而後又接任伯大尼董事長。儘管百廢待舉，伯大尼事工卻以「來樓」為核心，接續修護。我從美國西雅圖邀請兒少教育專家江秀圈博士接任院長，然後一步一步的邀請世界展望會、天使心進駐，台灣第一個公益園區於焉成形。

真真是林哥踢了我一腳，讓我看到社會公益正是福音的行動踐履。福音的滲透與撒網，只怕有心人，隨時都有機會，也都在等候我們睜開屬靈的眼睛。

節奏太過忙碌、算盤撥個不停，每個世代最缺的就是傻瓜。主耶穌是徹頭徹尾的傻瓜，什麼都豁出去，在人的算計中陷入網羅，如羊被牽到宰殺之地。林哥說自己是傻瓜。哪裡最沒人想做、哪裡最沒有人去，宇宙光便衝第一。華人教會歷史

會紀錄這些傻瓜的作為，他們真真是初代教會使徒大無畏的翻版，為福音的緣故，從不知什麼叫害怕。

洪善群
伯大尼兒少家園董事長／救世傳播協會董事長
／基督教論壇基金會董事長／宇宙光全人關懷機構董事

推薦序 3

●

傻瓜一世+1

　　有機會能在述說林哥人生故事的書中寫序，心中五味雜陳……是自覺不配卻又捨我其誰的矛盾感；是一種寧為「傻瓜」卻豐富了一生的弔詭與無悔；是無差別性被時間洪流所承載且起伏不定的生命，卻因某種「色彩」帶來的恩典，化為一幕幕精采絕倫，且獨特地絕無須喊「安可」的無憾與同感；是故事與故事的相遇、堆疊再堆疊的曾經，而今成為彼此共存的高峰，刻骨銘心、百說不厭。

　　我視之如父如師的陳保羅牧師，是我畢生忘不了的人，就像林哥忘不了年幼時喜歡的彩色圖片一樣。

　　去香港晨曦島戒毒，是我一生的轉捩點。陳保羅牧師就是幫助我、教導我戒毒的恩師。他用聖經真理陪我成長，而什麼都不懂的我則以聽從陳牧師吩咐我的一切，我都照做作為回應。直到有一天，故事開始發展……陳牧師準備派我去台灣宣教。那呼喊聲如今猶存在耳際：「Simon，趕快結婚！去

台灣找林哥，成立晨曦會福音戒毒。」要我趕快結婚，是因當時我正在拍拖；派我去台灣，是因當年我曾申請去美國受訓，但移民局沒有批准；找林哥，則是因林哥曾經來過晨曦島，也曾邀我在陽明山文化大學辦理的第二屆青宣活動時講戒毒生命見證；林哥當時也發出了一個我從來都未想過的問題，他說：「Simon，將來的台灣毒品問題會很嚴重，你們晨曦會有沒有考慮來台灣成立福音戒毒事工？」彷彿馬其頓的呼聲，在一片幽黑天空中卻是清澈又響亮。但雖然如此，當時我還是對林哥說，這件事我必須回去問我的陳保羅牧師。

到台灣開展福音戒毒

回想上帝的引導實在奇妙！不知是否因為過去曾受過的黑社會教育使然，我既然跟了陳牧師，我就順服聽話到底，當時我立刻就答應陳牧師來到台灣。

有跨國宣教的感動，其實早在1982年宇宙光去泰北送炭活動時，因曾邀請我和另一位同工去參與事奉。一到泰北金三角地帶，看到在滿樂福村落，奶奶、孩子、孫子一家三口，都一起在吸毒。我心裡立刻有一個感動說「主啊，我在這裡，請差遣我」。但想不到神沒有差我去泰北，卻差我來到台北。

1984年9月，結婚十天後，我們與另一對江得力牧師夫婦、三個小孩，帶著3,000元港幣一同來到台灣。我的牧師在差遣我的時候說了一句這樣的話：「平平安安去，不行再回

來。」當時我們什麼都不懂，就這樣來到台灣。就這樣與林哥從認識、熟識到一起同工，也促使了故事與故事的相遇和堆疊。

「傻瓜一世」，是林哥自詡其一生所下的標題。但一個「傻瓜」，卻推動了世界性的「全人教育」運動；一個「傻瓜」竟能在其完全陌生的毒品問題中有前瞻性的看見，促使「福音戒毒」從台灣萌生，進而發展至美、加、英、泰、中、緬等國。「傻瓜」能做到、想到這些彷彿先知預言般的重大事工？「傻瓜」能在一個戰亂時代中成長並自我鞭策成為一個在教育界舉足輕重的教授？林哥不傻，林哥的傻是為主而傻；這種傻，是一種高純度的信心展現；是一種從主而來的感動，不自我設限的實踐。

一到台灣我就打了一通電話給林哥，說：「林哥，我們來了。」當時我們連住的地方都沒有，但經過林哥的同工安排，聖教會大專團契陳政弘醫師給了我們兩個地方暫住。我和太太住一樓廚房邊2.5坪大小的一個小房間裡，當時我們倆正在新婚蜜月期，這段新婚蜜月期的高密度，如今成為我與太太最懷念的光陰。後來林哥知道我們的情況，就將他的一棟日式房子，以很便宜的租金租給我們住，並把這租金奉獻給宇宙光。

開展福音戒毒事工需要有一個讓戒毒弟兄住的地方，所以一開始幫助戒毒者的模式，只能與吸毒者約在外面，一方面接近吸毒者，與他聊聊天，從建立很簡單的戒毒者資料庫來預

備時機的到來。後來，世界展望會莊文生牧師問我如何開始做戒毒的工作？需要什麼？我告訴莊牧師，我們需要一個地方可讓戒毒者來住，然後每天住在一起禱告、讀經、陪伴、輔導；也需要一部車子去萬華、三重、板橋等地，尋找吸毒的人來戒毒；另也需要生活所需之經常費。當時莊牧師答應我們每年支持8,000美元，連續支持三年；終於，福音戒毒的巨輪逐漸轉動。後來在組織董事會時，我們邀了吳勇長老、林哥等人，鑽研歷史的郭明璋牧師後來提及晨曦會當時所組織的董事會成員，為仍身處戒嚴時期的我們，帶來極大的穩定成長性。

猶記早期我們去宇宙光，向林哥請教怎麼推動福音戒毒事工？林哥說，只要他去教會講道，就會帶著我去，並給我時間講一點見證。我覺得林哥很特別，他是一位用講故事的方式傳福音的人，他總是不斷的述說福音戒毒的生命故事，然後帶出福音確實為上帝的大能。林哥在宇宙光所做的一切事，在一旁觀察學習的我，真能見證他都是為著福音的緣故。

一個傻瓜陪伴另一個傻瓜

晨曦會福音戒毒來台不久，即將事工開展至泰北。記得林哥邀我去泰北金三角，開始福音戒毒工作時，有人說那是在老虎嘴上拔毛，也就是很危險的意思；因當時金三角被稱種毒、製毒、吸毒、賣毒、買毒的五毒齊全之地；但是我卻有一個想法──不入虎穴焉得虎子。接著不但在泰北，我們還將福音戒

毒推進到緬甸的果敢，那是金三角中的金三角。我們帶著林哥和泰國晨曦會劉律師一群同工進到果敢，和當地主席溝通在果敢成立福音戒毒的事，他們竟然答應。不但如此，林哥還透過他自己在學術界所參與的座談會，論述福音如何幫助人戒毒，以至於在政府、相關公部門，都知道福音戒毒的成功果效。

林哥是我們董事會主席，常常在董事會中，林哥提醒晨曦會是福音戒毒，所以福音是最首要的。林哥也總是叮嚀我，不要失去福音的異象。在香港，陳保羅牧師帶領我、教導我、扶持我；來到台灣，則是林哥成為我的幫助、我的帶領，使我始終不離棄起初愛主的心。福音戒毒能走到今日，是神差派林哥，來帶領台灣福音戒毒，也是林哥監督福音戒毒在屬靈上不走極端、異端的路線，在財務上清楚，在法律上守法，使我們在跟隨主的腳蹤上站得很挺、走得很穩。

林哥願為主「傻瓜一世」，他是我的榜樣，我亦以為主當「一生的傻瓜」為職志。求主保守我們這群傻瓜，能繼續為主見證、領人歸主、戒毒成功、訓練門徒、戒毒宣教、生命塑造、委身完成主的大使命；讓「一個傻瓜陪伴另一個傻瓜，使兩個傻瓜為主越來越傻，尊主為大，完成主的大使命」！

劉民和
基督教晨曦會總幹事

PART I
在戰亂中
揭開人生序幕

「日本鬼子來了！快逃啊！」

1938年，日本發動侵華戰爭的第二年，

我的人生揭開序幕——

童年的我，歷盡危險艱難、動盪不安，

直到小學四年級移居台灣，才逐漸安定下來。

烽煙四起 多次與死亡擦身

我幼時的記憶就是逃難。逃難時經歷過許多危險，我們曾跨過死人堆、在火車車頂上經歷過炸彈爆炸、一聽到警報聲就逃往防空洞。那時什麼都沒有保障，記得小時候逃難到一個地方，好像沒有辦法生存，家中長輩們就說來擺一個小攤子賣東西，費盡功夫張羅了一些東西，沒想到小攤子開張沒多久，就聽到有人大喊「日本鬼子來了！趕快跑！」我們只好放下一切，擠上一部軍車逃難。

逃難的記憶　死亡就在眼前

當時我媽媽帶著我們逃難，總覺得日子過得很快，都在逃難中度過，最明顯的感覺就是，面對每天隨時爆發的警報，沒有辦法預先準備，跳上軍車時，往往什麼都沒有拿，就空著手逃難。我有個比我小三歲的妹妹，當時我媽媽沒奶水，只帶了

奶粉，但路上又沒水可沖泡，車上的水必須供車子開動使用，那時的車子若沒有水，就無法開動了。我媽媽只好就這樣抱著出生不久的妹妹，眼看著她飢餓萎頓，最後餓死在媽媽懷中。這件事是我們家永久的憾恨。

我跟我哥哥到達逃難的目的地以後，大人們把我們從車上抱下來，一放到地面，我們兩個因為太餓了，就倒在地上站不起來，我想如果再餓個一兩天，我們可能也沒命了罷。

還有一次，我們準備搭火車逃離，到了火車站一看，車廂裡的人擠到都滿出來了，爸爸趕緊叫我們爬到火車頂。火車停到某一站時，爸爸說：「我去買些吃的東西，很快就回來。」沒想到爸爸才剛剛從火車頂爬下來，突然間不知道從哪裡冒出「砰」的一聲巨響（後來才知是存放在車站彈藥庫的炸彈爆炸了）。爸爸焦急萬分，要我們趕快下來。只見萬頭鑽動，大家頭也不回的拔腿飛奔、四散。那是個鄉下地方，腳踩泥巴地，跑起來有點費力。我們一路跑啊跑，直跑到一個安全的地方——其實是外表看似安全，內心卻充滿了驚恐不安，腦子空空的，然後不知不覺就睡著了。

第二天天亮睡醒時，眼前看到的景象，更是令人怵目驚心——我們身旁竟然佈滿了被炸彈炸毀的斷臂殘肢——小小年紀的我，目睹這一切，更加深了內心的驚恐。

那段逃難的日子，時時刻刻面臨生死存亡的威脅，如果生病了，也找不到什麼醫院、沒有什麼醫生。我的祖父是中醫

師，曾經在曾國藩帳下服務，我手上現在還有祖父留下的一本手抄本藥方，就是什麼病要吃什麼藥。印象中，在抗戰那段期間，我們遇到任何毛病，爸爸就拿這個手抄的藥方到藥房買藥，吃了藥病就好了。除了自家人，熱心的爸爸也會關心一起逃難的難友或街坊鄰居，知道誰生病了，就去關心詢問，然後去藥房抓藥，過沒多久就聽說對方病好了。

逃難的日子總是跑來跑去，從湖南長沙跑到雲南昆明，再從四川重慶跑回南京，抗戰勝利以後，以為可以喘口氣了，沒想到又發生國共內戰，迫使我們從南京到漢口到長沙到衡陽，沒有在一個地方久待，年紀小又一直處於動盪不安，很多事情印象都不深刻。直到小學四年級到了台灣，生活才逐漸安定下來。

爸爸正直愛國　為抗日棄商從軍

我的爸爸林蘭箴，擁有一副很正直的軍人性格，對子女的管教雖然嚴格，但也不是那種很兇的父親。在他那一代中，算是比較早就接受了西方教育，曾在南京大學的前身——金陵大學讀過書。抗戰之前，他本來在美孚洋行工作，是份很好的職業，因為美孚洋行是石油工業，是美國最好的企業之一。

對日抗戰時，民族主義氣勢高漲，愛國情緒沸騰，我爸爸正當青春年華，熱情洋溢，不顧一切跳出來說：「我們不替洋

祖父留傳下來的手抄本藥方，使許多人脫離病苦。

鬼子工作、我們要自力更生」，爸爸就憤然從美孚洋行辭職，棄商從軍。

爸爸一開始先是考入陸軍擔任准尉，之後升到中尉。後來中華民國空軍成立，那時的年輕人覺得空軍比較神氣，我爸爸便轉到空軍。當時空軍堅持從陸軍轉職而來要降兩級，我爸爸欣然回復做准尉。我們家還有幾張爸爸中尉軍階的照片，後來到台灣，爸爸做到空軍中校才退休。

撤來台灣時，當時空軍司令因信任我爸爸，讓我爸爸護著一箱錢到台灣，我爸爸忠心到底，到台灣以後就把錢交回軍中。當時兵荒馬亂的，連帳都沒有，有些人在這種狀況下恐怕會把錢據為己有，我爸爸卻分文不取，有很多人都笑我爸爸傻，但他堅持要對得起自己的良心，這也是他對兒女從小的教育。

抗戰時期，我對爸爸的印象不多，因為大部分時間他都跟隨軍隊打仗。抗戰勝利之後，我們一家人曾經在湖北漢口暫居，我爸爸在空軍的軍需部門管理財務，當時第四軍區司令部羅機司令非常信任我爸爸。羅機很重視家庭，空軍又有浪漫情懷，我還記得，每個禮拜六，爸爸會去平劇社票戲，有時有舞會也帶我們去。還記得當時有一首歌叫〈香檳酒氣滿場飛〉，每當這首歌的曲調響起，眾人就起身一排一排站立，手勾著手，一邊走一邊唱一邊跳……。尤其當羅司令親臨會場跳舞時，全場更是騷動，興奮歡呼不絕，令人難忘。

在漢口時，爸爸也曾好幾次登台票戲，唱〈捉放曹〉、〈二進宮〉等劇目。我想後來我喜歡唱歌，可能跟我爸爸也有點關係，只是遺憾我不會唱戲。現在如果有機會看戲，還是蠻喜歡的。

在漢口收到彩色福音單張

當年我們在雲南昆明避難時，似乎接觸過福音訊息，在漢口時，曾收到過美國神召會宣教士發的彩色福音單張，單張上一面是彩色風景圖畫，一面是簡短的聖經文字與圖畫故事。那時彩色印刷品不多，我拿到時忍不住讚嘆：「哇！彩色的！好漂亮啊！」

不曉得為什麼，我對這些彩色圖片很感興趣，為了收集圖片，我曾去到他們的兒童主日學。我還記得那位胖胖的宣教士講故事的神情，她舉起手中的圖片，用她外國口音的山東腔，對我們說：

「呵～呵～呵～大家都笑他，造船應該在水邊，挪亞怎麼把方舟造到山頂上呢？呵～呵～呵～」

這就是我幼年時期對基督教的唯一印象。

我的父母很重視子女的教育，只要狀況許可，都會試著送大我五歲的哥哥去上學，後來哥哥到武昌唸書，我們倆就不常相見了。哥哥是我心目中的英雄，他因住校難得回到漢口來，

我的父母非常重视子女的教育。

哥哥（右）是我心目中的英雄。

只要回來，我就會送上幾張寶貴的彩色單張給他，表示想念。沒想到這些彩色單張，竟然也成為哥哥接觸基督教的一個開始。

　　回想起來，我只是因為喜歡彩色圖片的關係，便開始接觸信仰，就是這麼單純。有些人講信仰的時候，說自己怎麼苦苦尋找神，可是我不是這樣的，不是自己計畫、也不是成天要去尋找。現在看來，不是我在尋找神，是神在尋找我。

避居虎尾 難忘鄉村生活

　　抗戰勝利後，平靜的生活並沒有維持太久，接著發生國共內戰，爸爸又要開始隨軍出征。那時，軍方決定先將軍人眷屬移居台灣以安定軍心。於是在1949年，媽媽帶著我們兄妹三人從衡陽登機，在嘉義降落後，轉車到虎尾，爸爸則留在大陸前線。

　　那時候我們還小，知道爸爸是軍人，在任務沒有完成前不能回家。老實說，當時我們也習慣爸爸不在家裡，何況在眷村中，有些鄰居朋友的父兄是永遠也不會回家了，在這個大時代的悲劇裡，我們一家算是幸運的。大約1949年底，爸爸終於平安的回到家中。

　　抵達台灣，第一個落腳處是在虎尾鄉間甘蔗田中的一間眷舍。所謂眷舍，只不過是把原先建立在蔗田間一棟長方形倉庫，從中畫一個十字，分割成四大部分，再進行簡單的隔間。二、三十戶左右的難民，便因陋就簡的居住其中。記得那天我

們到虎尾時，天色已黑，星光熠熠。這是我們一家人經過幾個月的爭辯討論以後才得到的結果，總算邁出了第一步。

難忘一家煮菜萬家香的日子

在虎尾鄉居的日子，也是我成長過程中一段比較有記憶的日子的開始。掀開門簾走出家門，迎面而來的是一個狹長走道。蟲鳴雞叫伴隨著聚居群眾的南腔北調，口味習俗各不相同，住在這樣的地方，實在沒有什麼隱私可言。尤其是到了晚飯時間，因為整棟房子沒有廚房，中間走廊就被佔用為各家廚房，於是「一家煮菜萬家香」，羨煞人也。也因家家戶戶只能在走道上爭搶位置煮食，鍋碗瓢勺四處散落，我們走起路來，步步危機四伏。

那時大家都窮，穿著簡便，沒什麼講究。吃的東西也多半是清湯寡水，見不到油星。我仍然記得一位姓佟的老師，每天中午以豬油加醬油拌飯、香氣四溢所引起的騷動。七十多年過去了，佟老師豬油拌飯的香氣，似乎至今仍在空氣中迴轉流動。

住在這樣的大通艙中，一切盡在人前，想要主張什麼個人隱私，根本不可能。薄薄隔間遮擋不住鄰居動靜，夫妻間的拌嘴爭吵、管教子女的訓斥責打，都不是祕密，一切都是那麼自然而然的循序上演著。我們就是這樣自然而然的跨過童年，又

不知不覺的進入少年時期。對像我這樣一個十歲左右、習慣都市與戰亂生活的孩子，這段日子真是我生命成長歷程中一段難忘的回憶。

對歷經抗戰逃難、戰後復員、在城市住過一陣子的我們而言，外界一切事物充滿著神祕感。眷舍四周一大片一大片的蔗田、周邊空曠的草坪池塘，還有附近幾個二次大戰時期留下的防空洞，是我們經常留連忘返的地方。其實在鄉村長大的孩子也有很多鄉村經驗，是現代人難以企及的。

只要一走出那棟長方形的眷舍，不過數步之遙的距離，就會經歷從人聲喧騰中，到了另一個寧靜世界的心情。你會看到群星在天空閃爍發光，只要抬頭望天，大家幾乎都會開口吟唱一首人人都會唱的兒歌：

「一閃一閃亮晶晶，滿天都是小星星……」

至於天上有多少星星？大星星、小星星的差別究竟在哪裡？這些問題，我們是沒有什麼興趣去追究的。後來我才知道，那首兒歌是從英文翻譯過來的，原文是：

「Twinkle twinkle little star, how I wonder what you are！」

（閃閃亮亮的小星星啊！怎麼想也想不通你是什麼！）

更何況星空之下，蟲蛙齊唱，更是令人「耳」不暇給。深恐就在眨眼之間，會錯失傾聽觀賞的機會，留下遺憾。而春夏之交出現的螢火蟲陣，更是令人驚豔。一大群一大群，從路旁小徑的叢草花木間，一閃一閃的飛舞而來。這麼多年過去了，

那份感動，仍然令人難忘。

四川話山東腔雜陳的小學生涯

小時逃難顛沛流離，我們沒有機會在一個地方住上一段期間，好好讀上幾天書。到了虎尾，我終於正式上了小學，就讀虎尾空軍子弟小學（今雲林縣虎尾拯民國小），成為一個有正式學籍的小學生。上下課都有軍用大卡車接送，呼嘯來去，自己也覺得神氣十足。

1950年我們舉家遷往台南，入住水交社的空軍眷村，便轉學到台南水交社空軍子弟小學（今台南市南區志開實驗小學）。負責我們班的老師是韓維舉先生，他是山東人，滿口山東腔。體壯怕熱，經常只穿一件貼身汗衫，為我們大講孔孟儒家之道。

記得那年暑假，韓老師主動要為我們補習進修，而且是完全免費。他選的課本是《古文觀止》，什麼〈鄭伯克段於鄢〉、〈愛蓮說〉、〈曹劌論戰〉等，都是韓老師要求我們背誦下來的精采好文，令我們終身受益。這麼多年過去了，韓老師滿身大汗，對我們一頁一頁宣講古文舊事的身影，直到如今，仍然清晰如在眼前，不敢或忘。

當時的眷村可以說是一個相當閉塞而窮困的地方，村中的老一輩各有自己的鄉音，但是年輕的一代卻似乎以四川話為他

1951.5.27.

小學畢業時，師生合照留影。中坐者韓維
舉老師，後排左二就是我。

念紀校離師老韓 送歡學同業畢屆三第校學弟子堂台

畢業三年後，韓維舉老師離開學校，依依不捨下拍照留念。中
坐者韓老師，猜猜看哪一個是我？

們的國語。我們讀空軍子弟小學時，上課講話大半都是四川話，背起書來更是要用四川口音，像唸經似的搖頭晃腦才能背得下來。但是講到國語，尤其是注音符號，我們卻是從來沒有好好學過。

記得是在小學六年級快要畢業的時候吧，政府推行國語的命令終於在我們身上生效了，因為初中聯考要考注音符號，如果不會，起碼會丟掉20分之多，於是到我們小學六年級的時候，一位不會講標準國語的老師開始教我們ㄅㄆㄇㄈ，難怪我對於ㄅㄆㄇㄈ到現在都還搞不清楚。

我們小時候非常調皮，又吵又鬧，弄得老師不時會大吼一聲：

「聽話，聽話，再不聽話就要打屁股！」

我記得很清楚，他說的「聽話」在他的口中變成了「聽髮」，而「打屁股」就變成了「打ㄆㄧㄚ股」，於是課堂上充滿了「ㄏㄨㄚˋ、ㄈㄚˋ」、「ㄆㄧ、ㄆㄧㄚ」的讀書聲。

這些七十多年前的往事，現在回想起來，仍然覺得歷歷在目，如同昨天發生的事情一般。實在令人感嘆「歲月不饒人」，真是一點也不假呀！

媽媽守候呵護如春風暖流

在我的記憶中，幼年生活總是在日本人的炮火槍桿底下飽受驚嚇、四處奔逃。這個時候有媽媽在旁邊守候呵護，她的形象自然就越來越重要了。

在我十歲以前，記憶中的戰火一直追著我們跑，從湖南、湖北、廣西、廣東、江西、貴州、雲南、四川、江蘇、浙江、福建，幾乎跑遍大半個中國，從來不知道安定是何物。在這段期間，爸爸軍服在身，必須隨軍徵討，我媽媽易偉英就得挺直腰桿，跨越心中千萬重的憂傷、恐懼與害怕，為我們撐開一把又一把保護傘。為了這個家，為了家中嗷嗷待哺、亟需保護護衛的孩子，除了勇敢堅強站起來，她別無選擇。

回憶起來，媽媽其實是個急性的人，然而飽經生活的磨練，她卻急不起來。1949年，媽媽帶著我們來到台灣，爸爸則隨軍仍在大陸與共產黨做最後的對峙周旋。初到台灣那段時間，住的環境十分簡陋，大家只好相互容忍、彼此將就；一年以後搬到台南，住的仍是眷區所謂的克難房屋。在那個克難運動高唱入雲的時代，生活需求一切從簡之外，還要想辦法自食其力、自求生路。

於是在眷村極為侷促的環境中，幾乎家家都會想盡辦法養雞養鴨，除了可供年節加菜、合家共歡以外，雞蛋鴨蛋更是孩子考試時期增添營養的重要補給品；至於飼料，當然也不會花

錢去買，而是由我們下課後騎腳踏車去鄉間池塘撈取浮萍、水草供應。

　　有時媽媽也會去附近火柴工廠取回火柴盒做代工，換取零星工錢，貼補家用。後來空軍子弟小學在眷區成立分校，媽媽又重操舊業，擔任幼稚園老師，這才發現，媽媽會彈琴、能跳能唱、還會講故事。年幼的我覺得有這樣的媽媽「好了不起喔！」

　　為了當一個好媽媽，媽媽真是什麼事都會做，什麼苦都能熬。更重要的是，她把這一切視為當然，從不遲疑、更不抱怨。我們就是在這樣的情況中，自自然然、不知不覺的茁壯長大。在她的庇蔭保護下，炎夏酷寒都化為春風暖流，就這麼輕輕鬆鬆、歡歡喜喜跨越度過了。

自我放逐　抗拒權威痛苦掙扎

　　如果青少年期從進入初中算起，1951年，台南市立中學的入學考試放榜，對我而言，無疑是一個最重要的關卡。作為一個清寒窮苦的軍人子弟，好好讀書、順利升學，便是全家人希望之所寄。1951年正好是我們家兄弟二人分別應考的日子。哥哥本立考大學、我考初中。

初中考試校方舞弊　不信任成人世界

　　那時台灣的大學不多，也還沒有聯考制度，哥哥一帆風順考上所有他想考的大學，我卻在台南市立中學的榜單上名落孫山、榜上無名。

　　住在眷村中，人際關係十分緊密，鄰居朋友隨時過門而入，難免會對哥哥每試必中恭喜讚美一番，也會順便看一眼窩在房角桌邊的我，叫一聲：「加油！」那時的我，一方面會在

尷尬的落榜情緒中覺得無地自容，一方面卻又莫名其妙的在心中揚起「哼！我有個了不起的哥哥！」的快感。

為了取得受教育的機會，爸爸陪著我，一路從台南、岡山、左營、屏東，直到東港，所有能考的初中一路考下去，決不放棄任何可能進修讀書的機會。

那時的軍人，收入十分有限，繼續讀書、一路考下去，是軍人家庭對孩子唯一的希望。我們父子限於經濟，投考沿途，自然不可能投宿旅館客舍。多半湊合著在爸爸的同事朋友家中的走廊客廳借宿一夜，以備來日大戰。

我發現爸爸的這些昔日老友，大家久別重逢聚在一起，閒話聊天時，最通常的話題，往往是下一代子女成長教育的故事。那段期間，眼睛看到、耳朵聽到的，多半是爸爸興高采烈談到哥哥考取好幾所大學的光榮紀錄。每當朋友問起我考取了什麼學校，爸爸總是支吾其詞的回答說：

「啊！啊！嗯——本立今年考上了台大、師院……」

在此同時，爸爸對那個一直在他身邊的我，似乎完全沒有注意到我的存在。看到爸爸在親戚朋友間，以擁有一口氣考取好幾所知名大學的哥哥為榮，卻完全忽略眼前這個初中落榜、茫茫然不知所措的另一個兒子。我在他們你來我往的熱烈交談聲中，只好默默閃躲在旁，不知該做什麼才好。這種情形憋在心中真不好受。

直到1951年7月9日，報紙刊登台南市中招生舞弊案新聞，

校方私自更動錄取名單，讓39位榜上無名者入學，而我就是原來應該錄取卻因弊案慘遭除名的受害者。記得那天爸爸捧著報紙，興奮的大聲對我們宣布：「治平考取了台南市中！治平考取了台南市中！」

我高興的從爸爸手中搶過那張報紙，爸爸的歡呼聲依然高亢響亮。原來他一大早在報紙上看到招生舞弊的消息後，立刻騎著腳踏車趕赴學校，確定我的姓名在榜單上之後，再騎車回家宣布我考上初中的好消息。

「治平考上台南市中了！」

他興奮的聲音，像他愛哼唱的平劇一樣，一直在我耳畔迴轉。我在其中似乎聽到一個父親對兒女的期望、以及不變的愛。他的聲音也陪伴我進入青春期的思考。

經過一番司法程序，我終於揚眉吐氣的進了初中，但也種下了我初中那個階段憤世嫉俗、目中無人，再也不相信任何人──特別是管我們的老師──的狂飆性格。我常常會不服氣的在心中吶喊：

「什麼東西嘛！憑什麼管我！哼！滿口仁義道德，心中還不是男盜女娼。」

我的初中過得非常不快樂。從一個習慣講四川話的空軍子弟小學，進入到一個只會講台語、講國語、甚至有些老師是只會講國台語參半的學校，我們這些眷村子弟相當難以適應。再加上對老師的敵意和不信任，總覺得自己是受害者，而施害者

省府下令各縣市
舉辦中秋節勞軍
規定十三至十五日舉行
分爲精神物資慰勞兩種

嘉南大圳鳥瞰
本欄漫畫　劉雨生

彰化縣昨日討論
役政之得失
並通過歡迎軍士慰勞
聲慰勞徵屬兩項辦法

歡迎受訓軍士
團體辦法

新營鎮整頓市容
組織建設委員會
昨舉行籌備委員會議

國民黨雲林縣改造工作
業已接近完成階段
基層委員及縣代表選出
十二日起舉行全縣大會

官民合作維護河川
發動民工預先搶險
臺中縣昨舉行防汛會議

南投縣農會
工作檢討會

印尼華僑團
昨午折返本市
定今中午快車返北

冊九人榜上無名
竟准許入學
臺南市中招生奇案
校長方志林被控貪污

撤廢龜潭
檢驗局

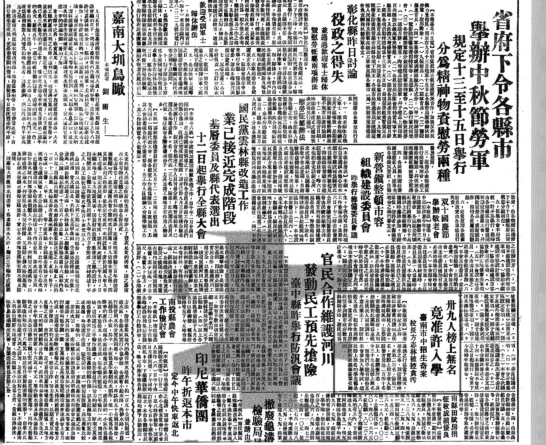

報紙刊登台南市中招生「奇案」（紅色框），震驚社會，我也是受害者。

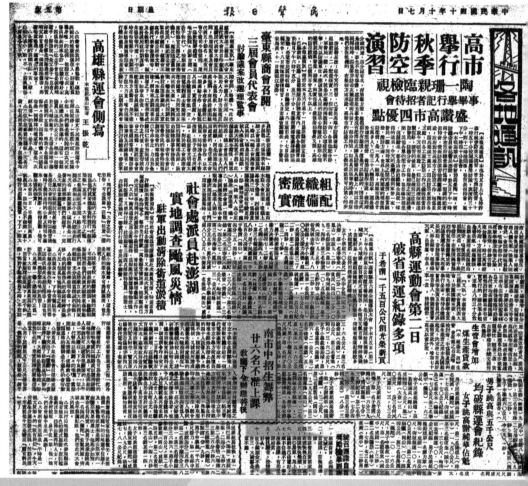

1951年10月7日報載南市中招生舞弊新聞（紅色框）。

就是這些所謂的老師，我的內心十分不平衡，也可以說充滿了恨意。我要報復、我要討回公道、我要……

翹課打籃球　放鞭炮惡整老師

更不幸的是，我們這些因弊案補錄取的學生，由於學校設備有限，沒有教室可安排，就跟另一班合在一間大教室中上課，一班在教室這頭、一班在教室那頭，兩個班同時一起上課，吵得半死，加上很多老師都是臨時調來的，更加重我們的反感。

因此我們常常翹課，跑到樹幹間的空洞裡面躲起來，聊天吹噓說大話；或是跑去打籃球，反正就是不想去上課。而且空小在我們以前讀小學的時候就曾教過英文，到了中學以後，聽到受過日本教育的英文老師教英文，發音竟然是日本口音：「What do you do with your fingers？」說成「花島妖道with your 分格魯斯」，這些怪腔怪調我到如今都記得。我們那時就覺得好好笑，這樣也來當老師！其實老師是很好的人，但是我們那個時候就是叛逆嘛！

還有一位數學老師也是受日本教育的，他會把x^2、y^2唸成「欸寇斯平方、哇伊平方」，我們聽了也是覺得好好笑。後來我們才知道，數學老師是一位工程師，還在台南市自己掛牌開業。但我們氣起來，就在晚上跑去他的事務所，把他的牌子給

砸掉了。

那位數學老師是一位很嚴格的老師，我們上課如果遲到就要罰跪在門口。可是我們對罰跪的處罰也覺得無所謂，因為又不是一個人跪在那兒發呆，而是一大排人在罰跪。大家跪坐在那邊就聊天，說說台南女中哪一個女孩子漂亮啊，哪一棵樹的什麼水果特別好吃啊，也覺得很開心。

最糟糕的一次是被數學老師責罵後，心裡很氣，想要報仇，想要好好的整他一下。於是去買了兩串鞭炮，把引線拔掉，然後把兩段長短不同的香，插進引線裡面。那時我們掃地，因為懶得去倒垃圾，就把木製的講台掀起來，把垃圾掃到講台底下。那一天，我們也是這樣，把那兩個點著的香和鞭炮放在講台底下一串、壁掛式的黑板後面也放了一串。

上課鈴響了，大家很興奮、很準時的進了教室。老師正在講「欸寇斯平方、哇伊平方」的時候，忽然講台底下傳來一陣「霹靂啪啦」巨響，嚇得老師跳到旁邊。大聲問道：

「樹哪一過（是哪一個）？樹哪一過（是哪一個）？」

我們暗自偷笑，樂不可支，因為再等一會兒，黑板後面的鞭炮也要炸起來。哇！老師簡直氣昏了，看到教室旁邊有一支童軍棒，立刻抓起了童軍棒，衝過來想要打人。

「樹哪一過？樹哪一過？」

「是我，你怎麼樣？你打，我們都在這裡！」膽大妄為的我們，直接回嗆。

他的棒子始終舉得高高的，卻不曾落下，雙方就這麼僵持著，直到下課鈴聲響起。

我們也常缺課、逃課。學校點名，我們就在校方把點名簿收回去時，偷偷改點名簿，從遲到改成沒有遲到。後來學校改變方式，每一份點名單都蓋印，然後送到教務處鎖起來，結果我們晚上就把教務處的窗子撬開，把點名單偷出來，丟到廁所裡，當時做這些事覺得很開心。學校也沒有什麼辦法處理，而我們自有一套因應對策：萬一不小心被抓包，如果犯行嚴重，需記過處理，我們就會推籃球隊員出面頂罪，因為他可以藉由球賽獲勝記功抵罪。如果犯行更加嚴重，就找有官職的學生家長出面解決……當然，同學之間發生爭執，如果事情鬧大了，需要打架，我們也會派幾個會打架的人去打。不管怎樣，爽了就好！

這些事後來學校怎麼處理的，已不復記憶，我也覺得很奇怪，就那樣糊裡糊塗的亂搞，結果還順利畢業了！究竟怎麼畢業的，我也搞不清楚，也許學校覺得把我們這些人快點送畢業會比較好吧。

善惡相爭　自我掙扎痛苦

其實我知道，做這些事情，我們心裡都有數，再這樣下去一定會完蛋！可是我們沒辦法，到那個節骨眼上，就會覺得

翹課跑出去很過癮。事實上我們的內心深處有很多掙扎,也會捫心自問「哎!為什麼要這樣?」

其實我們家的家教是很嚴的,面對爸爸媽媽我還是心存敬畏,不敢造次,有點過著「兩面人」的生活。爸爸要求我英文、國文課都要背,我心想「背就背,誰怕誰啊!」於是就利用放學騎腳踏車或是走路回家時,一邊背書,一邊趕路,一到家就立刻把書本交給爸爸,背給他聽,大都可以平安交差,背完了事!爸爸看我功課似乎還行,也就沒有追究我在學校調皮搗蛋的事。

現在回想,那些老師也是挺不幸的,他們倒楣被派來教我們這些學生,我們卻不能接受他們,回憶這些事情,那些老師其實都是很好的老師。我相信他們也有他們自己的傷痛。但是我們就是不能接納他們的傷痛,正如他們也不能了解我們的傷痛。

回想我初中時的生命狀況,也許就是今天所謂的失落感吧!從嬰幼兒童時期,以自我發展需求為中心開始,一切視為理所當然;成長後,就轉化到某些你必須勉強自己承擔的責任,或眾人認為應該發生在你身上的某一件事,你也逐漸認為該發生在自己身上。譬如說,初中入學考試,忽然間變成你的責任,沒考取你就必須承擔。不管願意不願意,成長使責任感逐漸增加;不管願意不願意,進入青少年時期,這些都是必須學會的功課,無人可以逃避。

這種茫茫然面對未來的失落感，會讓你忽然間找不到自己，也過度敏感，怕在別人的眼光裡找不到自己。我失落了，從追求自我的存在中失落了。

如今在事隔七十多年以後，回顧這些往事，仍覺遺憾。初中三年的寶貴時光，竟然只是在內心滴血的憤懣與痛苦中度過。在學校中，我成為一個自我放逐的人，反叛是我的快樂，逃避成為一種習慣。

呼朋引伴、成群結黨，才有歸屬感、安全感，這樣的生活形成了我生命中的矛盾。我一方面活在放縱的快樂之中，但是另一方面，我的內心深處卻有一種強烈的呼聲，在諄諄告誡我行為思想的不當。我在外表的快樂與內在的痛苦之間翻來滾去，我恨自己的虛偽，我怕自己的孤單，我在渴望自己是強人英雄的幻想下，悲哀的知道自己只不過是一個可憐的侏儒。

那時我清楚知道這樣混下去，鐵定完蛋。我知道在我似乎充滿英雄氣概的言語舉動的背後，膽怯惶恐──有一種說不出的害怕，正悄悄的從我內心深處浮現。我掙扎、我痛苦，我不知該怎麼辦。

熱愛籃球 因青年歸主接觸福音

　　那時候學校規定每週都要寫週記，學年度則要寫檢討或是年度的期望。其中有一欄叫「自我檢討」，我發現我們都會寫得很漂亮，但是我知道那都是廢話，越寫越覺得自己陷入絕望。

籃球旋風　風靡一時

　　就在這個時候，美國青年歸主籃球隊來台訪問。那時候台灣的籃球代表隊多半是軍方資助的；海光啊、陸光啊、大鵬啊、七虎啊；因為只有軍方才養得起運動員。歸主籃球隊當時在台灣年輕人當中掀起了一股風潮，他們到各地舉行表演賽並演奏音樂、分享自己的生命故事，愛打球的我自然不會錯過這些活動。

　　對於一個窮孩子而言，打籃球是一個適當的選擇。管他熟

悉不熟悉，隨時隨地集合一群人，就可痛快呼喊奔跑一兩個小時，球友很快就變成朋友。當然這也是一項節省的娛樂，是我們這些窮孩子玩得起的運動。記得那時我們可以光腳上場，腳板一碰地，「哇！好燙！」雖然如此，南台灣的艷陽，絲毫擋不住我們衝刺打球的火熱情緒，任憑腳底結痂結繭也不以為苦，仍然以為自己能勇奪勳章，傲視群雄。當時有個經典畫面：有人在場上，奔跑打球；有人在場邊，拿著尖物刺破腳底板因燙傷而起的水泡，有時甚至是好幾個人坐一排在長椅上，大家動作一致，低頭彎膝，目視水泡，然後專注的刺破水泡⋯⋯回想起來，蠻有趣的。

青年歸主球隊球打得非常好，台灣的球隊幾乎都打不過他們。十分有意思的是，我雖然在初中時期經常調皮搗蛋，但其實我很崇拜、很羨慕那些球員。在球賽中場休息時間，他們會分享生命故事、演奏樂器，譬如有兩兄弟會吹伸縮喇叭，真是太瀟灑了！這種樂器在當年很少見，看見喇叭伸縮，覺得很好玩，吹奏起來聲音很好聽、很響亮，那聲音直接衝擊到我的內心世界！

他們分享見證後，就會介紹聖經函授課程，邀請大家參加。當時青年歸主的函授課程做得非常成功，課程從初級開始，還要背誦聖經，先是從一張聖經金句卡片開始背，之後再按主題背記，像救恩系列、罪的系列、信心系列等等各種主題。當時我內心的感覺是：這些球員都是我心目中的英雄，我

可以跟著去做，於是就報名參加了青年歸主的聖經函授課程。

現在回想，為什麼他們會吸引我參加函授課程？我到現在也想不通。函授課程有一些問答題，回答完了要寄回給主辦單位，他們幫你批改了就寄還給你，經過若干次來回批改後，他們就會發一張證書給你。我現在想想，這一紙證書有什麼吸引力呢？為何當時這種東西也會吸引我呢？

就這樣，我這麼一個頑皮的、沒有信主的中學生，竟然背了一些經文，特別是讀到羅馬書七章18節與24節的經文：「我也知道……因為立志為善由得我，只是行出來由不得我」、「我真是苦啊！誰能救我脫離這取死的身體呢？」我感到相當震撼！發現經文所說的處境，竟然跟我週記「自我檢討」欄幾乎一模一樣！於是我對聖經越讀越有興趣。但仍然不信！痛苦掙扎！

回憶當年我的週記也充滿了「不知不覺一學期又過去了，回想起來，我真是慚愧，我發誓從這學期開始……」這些陳腔老調的慚愧，沒想到保羅的生命故事也充滿了如此這般的悔恨。保羅說：「我真是苦啊！誰能救我脫離這取死的身體呢？」我深有同感，我們也是很苦，也覺得我們這個身體是取死的身體，雖然不懂什麼叫「取死」，卻能感受就是活在死亡裡啊！

就在同一時間，就讀台大土木系的哥哥也在來自美國的基督教導航會（The Navigators）的引領下受洗歸入主名。哥哥成

為基督徒後，改掉原本抽菸的習慣，放假回到台南還開始跟家人傳福音。

　　記得有一年暑假，天氣很熱，晚上全家人坐在竹籬笆圍成的院子裡乘涼，我哥哥就在泥巴地上劃來劃去，以天上星辰的組合排列，說明宇宙的奧祕與上帝的創造，從科學講到上帝的信仰。哥哥是我心目中從小的英雄偶像，看到學習科學的哥哥，居然成為基督徒，我真是驚訝不已。

神愛醫治 高一獻身福音小兵

　　1954年我初中畢業，初中三年過得亂七八糟的我，參加高中聯考，竟然「意外」考上台南師範及台南工學院（成大前身）附設工業職業學校的土木科。能夠順利考取高中，我也不知道是怎麼回事，總而言之，糊裡糊塗就考上了。

　　這一年的暑假，因為過去初中那些一起玩樂的朋友幾乎都落榜，被父母關在家裡讀書，我無事可做，待在家中，閒極無聊，不知該做些什麼。有一天妹妹林玲告訴我，水交社附近新成立的台南健康路浸信會佈道所舉辦暑期兒童聖經學校，問我要不要參加，不知怎麼搞的，我沒有多想就答應了。

　　那次暑期聖經學校是為小學生預備的，為期一週。當時教會同工看到十五、六歲超齡的我，不知道該如何安排，只能將我編入大班（小學五、六年級）。

禱告真的能讓我們安靜嗎？

台南的夏天暑氣逼人，一群小孩在教會竹製車棚底下上課，誰聽得下去啊！大家吵吵鬧鬧亂成一片。大班課程負責的老師是位山東老太太，我對山東人的刻板印象就是在眷村騎腳踏車叫賣包子饅頭的北方大漢。我在一旁心裡覺得好笑，心想這樣的課程要如何進行下去呢？

「小朋友！大家不要吵！俺們來禱告、禱告！」

這位山東老太太見大家吵鬧不休，竟也不生氣，反而跟大家說「禱告！禱告！」我一聽，就更覺得好笑，孩子們根本完全沒有理會老太太在講什麼，我心中暗忖：你說「禱告！禱告！」真的能讓我們安靜嗎？

我睜大雙眼，緊緊盯住那位老太太，只見她凝神閉眼，用濃濃的鄉音說：

「噢！主啊！求你幫助這些孩子，讓他們能夠安靜下來……」

我在一旁瞪大雙眼看著，心想，你想用禱告來阻止我們吵鬧？門都沒有！但睜目看她，她彷彿真的是在跟某個對象說話般，身上散發著一股力量。現在回想，當時不知道怎麼搞的，我就被她那個聲音吸引住，沒過多久，這群習慣吵吵鬧鬧的孩子們竟然真的都安靜下來了。

本來想趁她禱告時溜之大吉的我，突然間打消了念頭，全程參加這次的假期聖經學校，甚至在最後的背經比賽中，拿到

第一名。這是怎麼回事？我到今天還是想不通！記得結業頒獎時，那位胖胖的美國宣教士張寶靈（Pearl Johnson），手中拿著背經比賽第一名的獎品，連續呼叫了三、四次「大班第一名林治平」，卻一直四面搜尋張望，直到有人上前告訴她，領獎人早已站在她面前等她頒獎了，她才小心翼翼的把獎品放在我手中。因為她怎麼也沒想到，兒童聖經學校大班怎麼會出現一個這麼超齡的學生！

之後就有教會信徒跟我說，「我們很歡迎你來啊！可是你的年齡比較大，我們介紹你去另外一個青年助道會」。所以我一下子連升好幾級，從小學五六年級主日學大班聚會，升到高中以上學生組成的青年助道會的聚會去了，在那裡碰到了以後成為林森南路禮拜堂長老的鄭家常、以及後來在美國牧會的朱樂華等，他們都成為我一生的好朋友。

棄工科　重考改讀文科

暑假結束後，我進入台南工學院附設職業學校的土木科就讀。土木科是當年最熱門的科系，我的姑丈及哥哥都唸這個科系，本來想跟隨哥哥的腳步，心想將來說不定可以和哥哥合組一個土木營造公司，前途大好。沒想到我入讀工科後，發現志趣完全不合。

記得有次老師要我們將一塊木頭削成圓形，經過好幾次被

老師退回、重做；退回、重做……，簡直煩透了！好不容易終於過關，沒想到老師竟然說「把這個圓形木頭再削成方形」。當下心想，這是在開玩笑嗎？我覺得這樣做簡直是在浪費生命，一點興趣一點意義也沒有。

當時我最喜歡的是打籃球、編壁報等課外不務正業之事，跟工程技術有關的幾乎都不喜歡。學校舉辦壁報比賽，我與同學組隊參加，居然得到第一名。當時我的國文老師是一位女作家蕭傳文先生，她慧眼獨具，認為我有從事文科學習的潛能，在她的鼓勵之下，我終於放棄當時人人認為將來可賺大錢的土木科，決定重考。現在回想，當年蕭傳文老師背離世俗價值，鼓勵我重考，改變了我的專業領域，實在是十分勇敢的建議。

記得在1955年重考台南二中時，我的准考證號碼正好是13號。放榜的時候，前面12名都沒考上，所以我的名字是榜單上第一個名字，誰說13不吉？對我而言可是大吉大利的啦！

佈道會中接受耶穌　復活節受洗

進入台南二中以後，我在教會中已有一段時間成長，並且竭力追求新生命、渴望成為一個新造的人。我發現教會中的人好像對我特別好，沒有進教會之前我調皮得不得了，進到教會以後，倒是乖乖的參與所有的活動。我覺得當時教會帶領團契的方式很好，教會帶領同工準備了很多教材，教材裡有故事、

有查經、有圖片，還有一個部分就是練習講道。每次練習講道
3至5、6分鐘不等，記得我第一次上台練習，才講出：「各位
弟兄姐妹……」，就講不下去了，也忘記怎麼結束就下來了。
就這樣常常的操練，沒想到也建立了我日後講道服事的基礎。

　　還記得教會有位侯希美（Gladys Hopewell）宣教士，在台
南市立家事職業學校（今國立台南家齊高中）利用中午時間開
設英語查經班，邀請我一同去服事，領唱英文歌。我中午就從
南二中騎腳踏車到那裡領唱詩歌、帶領活動，結束後再趕回學
校上課。雖然路途遙遠，我卻甘之如飴。當時領唱的一些詩
歌，至今仍能背唱。

　　我就這樣逐步進入教會，在青年助道會中投入服事，並在
一次佈道會中正式接受耶穌成為自己的救主。

　　在那次佈道會的個人協談中，協談員打開聖經，朗讀約翰
福音一章12節：「凡接待他的，就是信他名的人，他就賜他們
權柄作神的兒女。」之後要我讀一遍，然後問我：「你願不願
意接待耶穌，只要一接待，你就有權柄作神的兒女，成為新造
的人。」之後又指著馬太福音一章21節唸給我聽：「你要給他
起名叫耶穌，因為他要將他自己的百姓從罪惡中救出來。」說
明耶穌來到世上的意義，就是要捨身流血，洗清世人的罪。

　　那時刻我回想到過去不斷在罪中掙扎的自己，雖然知道不
對，卻無法擺脫罪的轄制。於是當下就回答：「我要耶穌，我
願接受耶穌做我個人的救主」。協談員就說：「感謝主！這樣

你就有權柄作神的兒女了！」最後兩人一起跪地禱告，相信並接受救主耶穌，於是我在1955年復活節受洗，正式成為神家中的一份子。

高中三年如歸家浪子　被神的愛醫治

記得高一進入台南二中就讀時，我們的班導師，也是我們的數學老師——朱文泰先生，後來我才知道，他是一位熱心愛主的基督徒。我讀初中時，最討厭數學，當然數學也最討厭我，連帶的我也討厭我所有的數學老師。進入高中時，我雖然已經信主，力圖振作向上，但是無奈根基太差，功課仍然沒有什麼起色，尤其是數學，更是沒法度。然而朱老師，有的是耐性，他的面孔紅潤，講話有濃重的台灣口音，但總是面帶笑容，從來不會大聲喝斥我們這些數學很爛、頑劣的學生。

當時我們的代數課本的編輯名字，和我的名字發音一樣，叫林「致」平。朱老師在台上解題時，偶爾遇到困難解不出來，他會一邊寫一邊回過頭來笑瞇瞇的對我說：「哎、哎，林治（『致』）平，你來講講這題該怎麼解下去。」還會跟我開玩笑，真是很可愛的一位老師啊！

記得有一天下課後，他特別把我們幾個在眷村長大的同學，悄悄的叫到他家中，對我們說：

「數學不好沒有關係，以後下課後就到我家來，我替你們

特別補習，放心，不要錢的。」

你相不相信，後來大專聯考的時候，我的數學竟然考了60分，這是我自己生平最得意的事件之一。

我的高中三年過得十分愉快，我像一個歸家的浪子，滿懷感激的在教會中、在學校中盡情的享受人生。生命是那麼美好，生命中充滿了愛——充滿了上帝的愛、也充滿了人的愛，活在愛中是多麼的幸福美滿。

我的心忽然被打開了，一份超越的愛由上至下貫穿在我的生命中。仇恨消失了，一切冤屈化解了，代之而起的是對生命的讚歎、對生活的感恩。我知道我不再是一個浪蕩在天地間的孤兒，我知道我踏過的每一個腳蹤都充滿意義。走過一段荒腔走板的痛苦道路，驀然回首，我才真正知道信仰在我生命中的意義。

這份愛溶化了我一切的固執頑梗，化解了我鬱積心頭千千萬萬的怨嘆憤懣，我看這個世界完全變了，這個世界看我也完全變了。我就是在這份感激的心情鼓舞下，於高一升高二那年暑假，把自己完全奉獻給上帝，心甘情願的躋身於上帝軍隊的行列之中，希望自己能成為一名宣揚愛的福音小兵。

信仰反思　出黑暗入光明

　　現在想起來，我常覺得，上帝要救一個人，是沒有什麼道理的。有些人講到信仰經歷，會說自己如何苦苦尋找，我卻不是這樣的——其實，都是神在尋找我們，不是我們尋找神。

　　我的信仰經歷，不是遭遇某些突發事故或苦難後，經歷上帝拯救而信主，只是我生於戰亂，歷經窮困，甚至在戰爭、死亡驚嚇中，深受衝擊，小小心靈開始思考生命意義與價值問題。避居台灣之後，更因語言文化的差異，在成長過程中遭遇諸多困難，對生命成長歷程中諸般現象，難以適應了解。

　　尤其是初中階段，青春期諸般成長困惑，使我不知不覺成為一個失落的人，叛逆、反權威，找不到生命投奔的方向，陷入罪中，活在不得已的綑綁鎖鏈之中，完全失去了自由。在這樣的情形中，歷經混亂掙扎，被「不得已」深深纏繞。生命中的善與惡相互牴觸對抗，我每天面臨「立志為善由得我，只是行出來由不得我」的困境，整個人陷入了善惡相爭的困境之

中。回憶中學時寫下的週記，在這種善惡衝突之中，深深體驗保羅的呼聲：「我真是苦啊！誰能救我脫離這取死的身體呢？」

當時一個十幾歲的孩子，我早已開始了我生命意義的探索之旅：生命是什麼？人生幾何？人為什麼要活下去？為什麼要上學讀書？為什麼要努力奮鬥？這些問題一直在我的小小腦袋中揮之不去，痛苦不堪。我發現人生是這麼的不由自主，生命也是如此的不得已。不論做了什麼，或善或惡、被別人誇獎或被別人責怪，我都不知道「我」在哪裡？什麼是「我」做的，我不知道。我只是活在不得已中，做了一些「我」自己也搞不清楚是誰在做的一些事。

我是一個需要幫助的人，但是誰能夠幫助這樣的人呢？直到初中畢業，進入高中，遇到一群基督徒，他們幫助我認識了這位生命之主的豐盛美善。

譬如兄嫂的見證帶領、青年歸主協會的聚會操練、教會各項活動的帶領引導，讓我開始思考上帝與耶穌救恩，最後在佈道會中決志信主。當時台南府前路浸信會的主任牧師張之信，他與師母吳競和充滿愛心、開放家庭，盡心盡力牧養培育我們這群好動喧鬧的年輕人，扎下良好的信仰根基。

現代討論青少年問題的人，都是從仇恨的角度來看，但現在回想起來，我初中階段的調皮搗蛋，心裡充滿的並不是仇恨，而是不懂事。當時的老師何必那麼嚴厲的管我們呢？其實

那些老師也流露很多關心，還會開玩笑，很有人情味。我想就是神在背後做工啊！

當時我也不知道朱文泰這位高中數學老師是基督徒，但是我為什麼會碰到他呢？在我迷迷糊糊的那個階段，不是我們清楚明白選擇神，而是神堅定祂的愛來選擇我們。這很明顯的就是神的手在尋找我們，而不是我們苦苦哀求的去追求神。那時候根本連神都沒想到啊！甚至於我現在回想我初中的時候，雖然調皮搗蛋，但是我對基督信仰沒有拒絕啊！那時我雖然沒有信主，但也沒有拒絕啊。

認識神之後，我知道了「人是按著神的形像與樣式造的，是有靈的活人」（參創世記一：26、二：7）。原來除了日漸朽壞的身體以外，我們還有一些可存到永恆的東西在我們裡面。雖然我們以前做了很多怪怪的壞事，怎麼算是神的兒女啊？但是當在我們裡面的神兒子那個生命被觸動起來以後，嘗過主恩的滋味，就會發現，原來這個藏在肉體生命裡面的靈命有多麼甜蜜啊！我整個人就改變了。

我終於從生命的黑暗中一步一步的走了出來，我知道生命的根源，我享有生命的能力，我活出人生的意義。迎接生命，我知道我的標竿、我的終極在哪裡，剩下的就是卯足勁，全力奔馳了。

負笈北上　建立人生基本功

　　我很早就有做外交官的夢，而且是很屬靈的夢。

　　我高中時的志願是當一名外交官。當時台灣對外是封閉的，也沒有出國觀光的風氣，想離開台灣，必須要有來自外國的邀請，才能被核准出境。那時候的想法是，若能當上外交官，就可以周遊世界、增廣見識。而且當外交官穩定又有尊嚴，若能同時傳福音，應當很有果效。

　　當時我哥哥在海外宣教，他看到僑胞對外交官都很尊重敬佩，他告訴我，如果有外交官身分，既可以傳福音，又可以為國家做事，是很好的志向。哥哥的肯定也讓我覺得走外交這條路理直氣壯。

進入東吳政治系　師生情誼深厚

　　當時政大外交系十分火紅，名列第一志願，但我大學聯考

考進了東吳政治系，與政大外交系失之交臂。東吳政治系細分成外交、行政管理和政治理論三個組，我首選當然是外交組，但是競爭激烈，申請不到，於是入讀政治理論組。

當時東吳政治學系系主任杜光塤教授是位立法委員，在學界很有名氣，以嚴謹治學聞名。與我們初次見面時，對我們這些各懷心思、什麼都不懂卻又似懂非懂的大一新鮮人，強調文化思想、學術變遷及語言文化教育的重要。

為了提高我們的學習能力，杜老師在系上嚴格推行三分之一淘汰制，我們班上只有20人左右，全班從大一讀到大四，幾乎每個人都曾經補考過。我很幸運，在東吳大學四年，是班上唯一無須補考就能畢業的學生。

杜老師在專業方面要求很高，是一位非常嚴格的老師，但私底下卻又開放他在泰順街的家門，歡迎學生前去談天說地。除了課堂上課以外，去老師家聊聊，也成為系上特有的風氣，造就了親密的師生關係。

杜老師常常對我們說：「不要輕忽自己，你比現在的自己強，努力！再加油！」很幸運的，從我讀東吳大學開始，他就是政治系主任；奇妙的是，後來當我考上政大外交所時，杜光塤教授也在那年受聘出任政大外交所所長，杜教授的身教見證、言教領導，深深影響了我。

我們的國文老師周紹賢教授，是一位山東口音濃重的漢子，在他的要求之下，我們背下了不少歷代大師的文章，終身

受用無窮。

東吳對於學生出席上課，管制尤為嚴格，每堂課都聘有專人負責點名。同學對幾位負責點名的職員，有些至今仍然記憶猶新。雖然如此，那個時代的師生關係卻仍然十分密切。在那個交通不怎麼方便的時代，尤其是過年過節特殊的日子，我們也常到不同的老師家拜年賀節串門子，與老師甚至老師的家人天南地北、促膝座談，有時甚至留在老師家中用餐。這份情誼在畢業以後亦持續進行，甚至直到老師或師母離世。

在那個一切都缺乏不足的年代，私立大學的老師許多都是另有專職的兼任老師。在物質條件缺乏的情況下，他們幾乎都曾走過一段艱辛的人生道路，生命經驗豐富、學術知識淵博專精，東吳的老師們對這份兼職十分看重，認真負責，傳講專業、照顧學生，盡心盡力，扮演的角色極其重要。

如今回憶，我們許多的知識學問、做人做事的本領，都是在大學時期受師長生命影響，潛移默化學來的。

我這才領會，真正的教育是「一個人陪伴另一個人，讓兩個人越來越是人，活出豐盛生命」的過程。仔細一想，這正是我一生努力奔赴的目標。一個人活在世上，清楚知道自己應有的形象與樣式，並且一步步的活出他自己、「是」他自己，余願足矣。

極力向父母傳福音　屢屢遭拒

我離家北上唸大學這段期間，我的父母竟然在台南信主了，這真是一件不可思議的事！

讀高中之前，我經歷了一段狂暴的反叛期，覺得人生沒有意義，總覺得自己倒了楣才會來到這個莫名其妙、充滿痛苦掙扎的地方。這種心靈失喪、找不到歸宿的現象，人們稱之為「失落的一代」。

爸爸曾為著我的失落，焦急苦悶了好一段時間，他對我的情況完全無能為力，即使對我講再多的儒家大道理，也想用法家的戒尺困住我，卻怎麼樣也無法挽回我那顆漂流在外、不想回家的心。

直到1955年，我和哥哥都信了耶穌，情況漸漸改變了。

起初，爸爸對我們的信仰保持距離、冷靜觀察。有時我們向他談到信仰時，他會馬上戒備起來，嚴密防範。因為爸爸大學時期就讀的金陵大學是教會學校，對於福音道理、聖經教導，他都有一些接觸了解。但他忠於華人傳統，可以理性談論篤信孔孟傳統，對西方文明，尤其是科學理性，更為崇信接受，成為他生命的前提信念。我媽媽則是拜歷代祖宗，篤信中國傳統信仰，一開始要向他們傳福音非常困難。

尤其是在初期，爸爸會語帶不屑的對我說：「這些道理我幾十年前就聽過了，你這一點功夫，差得太遠了！」然後他會

引經據典的把聖經中某些難解的神學爭論，如三位一體、耶穌復活或童女生子等疑難雜症，對我解釋得清清楚楚，看著我目瞪口呆、滿臉詫異的表情，他會十分高興的說：「想要我信耶穌？你還差得遠呢！」

我媽媽則是位傳統的家庭婦女，當時我們家中有祭祖的傳統。我知道我們家族的堂會叫做西河堂，台灣很多林姓宗親都是西河堂，當哥哥和我信主以後，爸爸媽媽也不勉強我們祭祖。媽媽還是會祭祖，譬如做一道菜獻給祖先、供奉牌位，祈求祖宗保佑等。

我們極力想要傳福音給爸媽，想到爸爸喜歡音樂藝術、哼哼唱唱、登台票戲，我便想以詩歌向他傳福音。有一次我學了一首歌，立刻去唱給他聽：「基督精兵前進，齊向戰場走……」爸爸一聽就笑了，說：「你們小孩子跟我唱這個歌？我唱給你聽！」他一開口，竟然是英文：「Onward, Christian soldiers, marching as to war...」意思是你們這些小孩子！這些詩歌我們老人家早就聽過了啊！

我們想要邀爸媽去教會，於是盡量在家裡有好見證。我哥哥信主後，戒除菸癮，並且承擔家庭經濟責任，以及我與妹妹的升學負擔。我嫂嫂也非常虔誠能幹，全家和樂融融。而我也是下了很多的功夫，每天在家裡做好孩子、幫忙家務，希望在父母面前有好印象。

記得有一次吳勇長老到我們教會領會，我知道媽媽很喜歡

聽吳勇長老講道，熱切禱告之後，我信心十足的邀請爸媽去教會參加佈道會，我特別坐在他們後面觀察他們的動靜反應，一邊聽道、一邊隨時調整加強我的禱告：「主啊！主啊！求祢拯救我的爸爸媽媽，他們都是好人，但是他們需要祢的救恩！」當我看到媽媽在聽道時頻頻拭淚，心中大喜：「感謝主，哭了！」然而決志呼召時，他們都沒有舉手決志。

回家以後，我問媽媽：「怎麼沒有舉手？」

媽媽說：「我舉什麼手！」

「我看妳很受感動呀！」

「受什麼感動！」她不承認。

「我看見妳在擦眼淚啊！怎麼說沒有感動？」

媽媽就搖搖頭，輕聲說：「唉！唉！時間還沒到⋯⋯」、「你們小孩子不知道，不會懂的啦！」每次問到這個問題，她都笑笑對我說：「你們信就好了，我是不能信的啦！」

我就再問爸爸，我爸爸很理性的說：「西方宗教有西方宗教的特徵啊！我們中國人也有中國人的文化啊！我們不反對啊！但是我們也不需要啊！」我爸爸就是典型的那種很冷酷的知識分子，懷有五四運動知識青年的精神，「國家興亡，匹夫有責」，所以才會在抗戰時期棄商從軍。

那時我心裡非常火熱，想盡辦法要做一個好基督徒，希望能夠影響爸爸媽媽信主，可是我爸媽雖然都會感動，但就是不肯決志，這讓我感到十分挫折、無力。

兒女活出見證　意料之外父母信主

　　後來，爸爸看到基督信仰在我們兄妹三人身上的作用，他的態度開始有了改變。他甚至會勸告一些苦惱的父母，叫他們將難以管教的兒女送去信基督教。他會津津樂道的告訴這些父母，上帝如何幫他管教自己的兒女。但是談到他自己，他還是會笑笑說：「年輕人心浮氣躁，需要耶穌管；至於我們，有孔子管就夠了。」

　　真的有孔子管就夠了嗎？爸爸發現問題不是那麼簡單。

　　譬如說，爸爸第一次發現哥哥在家公開抽菸時，他大發雷霆的向哥哥陳述香菸之害，禁止哥哥染此惡習，但他自己卻每天至少一包菸的抽了二十幾年。其實，我也早在初中時就有躲在廁所抽菸的紀錄了（當時的廁所還是公共廁所，既髒又臭，我卻能躲在那裡享受吞雲吐霧，現在回想起來，實在想不通）。當然，爸爸禁止我們抽菸的管教沒有發生什麼作用，他也只好知難而退。

　　但是等我們信主以後，就很少惹麻煩了，這些爸爸沒辦法、甚至是孔子也沒辦法做的事，竟然輕易的不藥而癒了。爸爸親眼看到這一切，終於知道耶穌和孔子是不同的。

　　這種僵持延續了三年多，後來我考取大學後北上讀書，心想，完了，家裡沒有人向他們傳福音了，他們還會信耶穌嗎？

　　沒有想到，有一天爸爸特別從台南專程前來台北探望我，

我與他同去拜訪一位遠房叔公，爸爸一坐下來，就熱心的向叔公一家人分享見證傳福音：「信耶穌很好啊！」我覺得很驚訝，爸爸信主了嗎？我信主後一直向爸媽傳福音，他們都沒有決志，沒有想到我離開家以後，他們竟先後決志信主了，真是奇妙！

大概在我信耶穌五、六年以後，爸爸也信了耶穌。他少年時期曾經聽過的基督教，此刻忽然轉化成他生命中的經驗，他終於回到了教會，為他慣於流盪的心靈，在教會中找到了一個家──他心靈的歸宿。而信主以後的媽媽變得更加可親可愛，連以前喜歡打的小麻將，也駐足不前了。「打麻將？」她輕描淡寫的說：「打麻將幹什麼？浪費時間！」

我覺得我爸爸那一輩的人，在那個時代，也有他們的失落感。他們年輕時是那樣單純的不顧一切投身救國救民，認為犧牲自己不算什麼，但是等他們老了以後卻發現，旁邊左右都不是這樣，譬如我考初中時學校舞弊，以我爸爸正直的個性，加上他自己的兒子也是受害者之一，想必有所失望，所以後來他很早就退伍了。這樣也好，他退伍以後，很熱心的參與教會的工作，還擔任台南浸信會的執事，常代表台南浸信會到台北來開會，他來台北時，我們父子就有機會相聚、話家常、談福音。

我爸爸媽媽怎麼會信主的？我覺得不可思議，我不是一直跟他們傳福音，他們都不肯接受嗎？怎麼說信就信了呢？而且

是趁我們不在的時候。有趣的是，我問媽媽為什麼決志信主受洗，她也只對我神祕一笑，說：「不告訴你。」

　　其實我覺得他們心裡早就默認了耶穌，但可能礙於老一輩的自尊心吧，覺得怎麼可以被兒子帶領而信主？當父母看到兒女改變，我們在他們面前活出見證，因此說信就信了。我父母信主以後，常常向親友提到兩個兒子都有很大的改變，並全心全力支持我們在教會事工上的投入與參與。

領受呼召 陪伴學子意義非凡

　　大學時期的心願還是想當外交官，東吳大學畢業後，我便思考著預備報考政大外交研究所。

　　大學畢業前夕，我為著服兵役的事跟神禱告，請求神給我一個好單位，讓我能夠讀書準備考試，例如分發到能上下班的單位，就是最好的。我爸爸在空軍供應司令部擔任財務會計的工作，看爸爸早上去上班，晚上下班回家，我想這樣的作息太好了，回家可以做自己想做的事，住在家裡還可以善盡孝道。於是我一直禱告：要有一個舒服的、自由的單位，就可以好好讀書，將來可以做外交官服事主！

　　不過有些時候我們所要求的祝福，上帝不給啊！

意外抽中海軍陸戰隊

　　到了抽兵役籤時，我一抽，竟然抽中最辛苦的海軍陸戰隊

彈藥連，怎麼唸書啊！每天時間表排得滿滿的，操練很多，一天到晚出去演習，有時還睡在廢棄不用的火車站月台上。體力和精神上遭受很大的磨難，我忍不住埋怨上帝：「上帝啊，我禱告了那麼久，祢也好像接納我的事奉，怎麼不給我機會呢？是怎麼回事？」

後來我才了解，服事主不是像我想像的那麼簡單。這麼多年來，我為了服事，有不錯的體力奔跑於北美、大陸、東南亞、紐澳、甚至歐洲等地，我想跟海軍陸戰隊的訓練也有關係。後來我更發現，教會中很多有心服事主的人，都曾在海軍陸戰隊服役，可能上帝把我們放在艱難的環境，就是要先磨練、預備我們，看你對上帝的權能，是不是能夠百分之百的接受，把你放進一個艱難的環境，藉此操練你如何面對困難。事後回想，上帝的安排真是太奇妙了！

在那樣的環境下，我只好抓緊零碎時間讀書，軍褲的大口袋裡總是放著書本，一有機會就拿出來讀，最後終於如願考取政大外交研究所。原本覺得成績不錯，結果我是最後一名考上的。不過，當時錄取十二人，僅自己一人是外校生，其他十一人都是政大畢業，十人是政大外交系，一人是政大外文系。

我成為政大外交所錄取唯一的一個外校生，也是東吳政治系創系以來第一位考上政大外交所的學生，發榜之後，還受到當時東吳大學校長石超庸先生公開表揚。

在政大修習碩士學位期間，我在朱建民、王世憲、梁嘉

彬、王兆荃幾位教授的引導下，對國際公法、國際關係、中國近代對外關係史產生了濃厚的興趣與負擔；我的碩士論文研究主題是英國派到中國的第一個商務監督引起的外交衝突——「律勞卑（William John Napier）事件之研究」，論文指導老師梁嘉彬教授指導嚴謹，給予我許多參考資料，幫助我詳細修改論文細節，奠定我日後研究中國近代教會史的堅實基礎。

當時政大外交所畢業生幾乎都是進外交部任職，我初進外交所時，也是一心一意準備成為一名外交官，當時與曉風預備結婚，還跟她說婚後要有心理準備，因為外交官是要到處跑的。然而沒想到，後來的演變發展，卻完全超乎我自己的想像安排，上帝對我又有不同的計畫。

上帝對我有什麼樣不同的計畫呢？這得從我的教會生活談起。

熱心服事及兼課　開始對學生工作有負擔

我高一信主加入教會後，就逐步接受上帝在我生命中的修剪整理，渴慕成為一個有主形像、流露馨香之氣的基督徒。北上讀大學開始，我一方面在許昌街青年團契學習服事，也在校園團契協助輔導工作，與各年齡層的學生分享信仰，與學生建立了非常密切的關係；也投入宣教事工，譬如在當時的國際學舍舉辦青年學生佈道會；1959年八七水災以後，更組成災區

佈道團，到南投埔里山區慰問災民，之後許昌街青年團契教會每年都會組成佈道團到中部山區傳福音。當年一起配搭服事的好夥伴，如李秀全、林靜芝、邱志健等，日後都為主重用，成為華人教會深具影響力的主僕。

1963年我讀研究所期間，曾在某一所私立中學兼課，學生的程度不怎麼好，班上也有一些難以管控的孩子。我在他們身上看到自己早年的影子，上帝把愛與關懷的心賜給我，讓我知道如何與他們相處，陪伴他們，引領他們信主，這批學生後來仍跟我有聯絡。

除此之外，當時我也在建國補習班任教補貼生活費用。因為我的父親是一介軍人，收入微薄，實在乏力供我讀私立大學。哥哥林本立那時剛剛大學畢業，初入社會，新婚不久，在一個外國工程公司出任土木工程師，後來調派到琉球參與美軍火箭基地建設計畫。

當時哥哥雖然信主不久，卻滿心火熱，蒙主呼召，願意自籌經費，擔任新成立的遠東福音廣播公司（FEBC）宣教士，與嫂嫂張嘉禎一切從零開始，憑信心辭去原任工程師優渥待遇，投入興建遠東福音廣播公司向大陸進行福音廣播的工作。在什麼都沒有的缺乏與困難中，哥嫂還支持我讀大學的部分生活費，不足之數就靠我自己在補習班任教，賺取兼差費補上。

在補習班任教這段期間，我接觸到形形色色的學生，我都一視同仁、關心每一個人，個別閱卷指導，告訴他們怎樣答題

我的哥哥嫂嫂，1959年奉獻成為遠東廣播公司第一對華人宣教同工。

可得高分，與學生的關係如同朋友，相互信任。

進入婚姻　夫妻同心服事年輕人

我跟太太曉風在東吳大學讀書時就立下互許終身的婚約，並在1964年結婚。我們兩人有個共同點，就是對年輕學生的關懷和負擔。

記得結婚前，我們倆常在教會裡輔導、陪伴學生，陪伴學生讓我感覺意義非凡，一直到現在，當年那些學生有些也

七十多歲了，見了面還像當年那麼可愛，會跑過來認我這個老師。記得新婚之夜，我們倆跪在床邊祈禱時，所求的只有兩件事：一是求主讓我們學會彼此相愛；二是求主讓需要愛的孩子，可以在我們家中找到愛、享受愛。其實那時我們對所謂的輔導專業所知有限，憑藉的只是一份對生命靈魂的尊重與愛而已。

後來我們倆不但在教會裡做輔導，還開放家庭，學生可以隨時到我們家來，禱告分享、吃喝聊天、補習功課、談古論今，或流淚、或歡笑，生命影響生命，建立了一種十分親密的人與人的關係。這種關係一旦建立，從此難以切斷割離。

學生回憶他們當年最難忘記的一件事，就是每個禮拜六都來我們家的禱告會、分享會，在家中一起吃飯。他們最想不通的，就是曉風怎麼可以坐在當中悠閒的與大家談話，談完話後沒多久，桌上就會出現一盤盤的菜餚，好像變魔術般，他們就可以嘻嘻哈哈吃得飽飽的，吃飽了再到教會參加青年團契，那真是一段非常美麗的日子。

還有人跟我說：「林老師啊，我們當時有點想不通，你為什麼會成為基督徒？我們現在離開學校那麼多年，我要告訴你，我現在也是基督徒了！」生命的影響力就這樣在學生們身上延續下去。

我們夫婦也曾和在台南府前路浸信會一同成長的四個家庭組成家庭見證分享，到高雄旗山、六龜一帶客家人聚落以及育

我和太太曉風的大學畢業照。

大學時和教會中的好友合影（右二是我、左二是曉風）。

我們結婚了！在眾親友的祝福聲中邁向人生新階段。

我的父母及妻兒。

幼院傳福音，彼此相互合作承擔各樣服事，也在青年團契輔導張明哲教授的指導下，操練講台講道的能力。

新婚的我們深深覺得「愛就是在別人的需要上，看到自己的責任」。那時我們接觸到的學生有明星學校的高材生、補習班的失意年輕人、也有遊走江湖的浪蕩子。我們只是覺得：哪裡有需要，那裡就需要我們，應該去關心更多的年輕人，而向年輕人宣教最好的方式，就是當一位敞開心胸、一路陪伴年輕人的老師。

外交夢轉向教育夢　從掙扎到順服

就這樣，上帝將對年輕人的負擔放在我心中。有一天禱告時，突然覺得上帝呼召我去做學生工作，陪伴他們成長。

我出生在一個戰亂的時代，父親更親身經歷五四新文化浪潮愛國主義的洗禮，也曾投身軍旅，先陸軍後空軍，立志報效國家。「陪伴」在那個時代、對許多人來說，還是一個很模糊的觀念。什麼是陪伴？陪伴一群孩子成長的意義在哪裡？這樣做真的是上帝對我的呼召嗎？老實說我一直陷入深深的掙扎矛盾中，找不到答案。

1966年，我通過了碩士論文考試。在那個重要的人生轉捩點，我思考了許久，認為上帝正在呼召我成為一名老師，要去真正接觸學生，跟學生在一起，陪伴學生成長。這樣的呼召與

異象在我生命中，日漸清晰強烈，但如果當了外交官外派，就無法做學生工作，兩者是相衝突的。

我再三禱告分辨，每個人每天只有24小時，我必須作出選擇。我覺得上帝的手似乎一直在引領我進入學校教書，成為一位宣教的老師。

記得當年錄取政大外交所的學生只有十二人，讀到二年級剩八人，最後在三年內順利完成論文畢業的，只有我一人。但有趣的是，當年那些比我晚畢業的同學，有些也都當了外交官，我卻走上了另一條路！

我從東吳政治系以及政大外交研究所畢業，心想，如果神呼召我教書來做學生工作，向年輕人傳福音，我就順服神。因此我放下了一直以來追逐的外交官夢想，準備進入大學校園擔任老師，並對從事教育工作充滿信心。

回想當時研究所老師對學生都很好。我們經常到老師家，師生關係十分緊密，我畢業前後，好幾位老師一直鼓勵我出國留學，繼續深造。不僅是學校老師，甚至連教會的兄長也一直鼓勵我出國深造。大家都認識的美籍宣教士戴紹曾（James Hudson Taylor Ⅲ）牧師，就三番兩次希望說服我一定要到美國去讀個神學博士。他不只動口說，還幫我申請了入學證明文件（I-20）交到我的手中，說：「你去吧，我已經幫你申請好了！」

我自問：出國讀博士是不是真的對我有益處？是我將來的

生涯發展嗎？有感於他的盛情，我曾趁著有一次去美國的機會，特地前往他代我申請的那所學校，可是我在校園裡左右觀察、仔細思想後，更確定放下當時所投入的服事去讀博士，並不是上帝呼召我的工作，於是決定留在台灣，繼續尋求上帝的帶領。

經過這番掙扎，我信心滿滿的謀求教職，以為既是上帝的呼召，應該毫無困難，怎知竟然屢屢碰壁。

上帝的意念高過人的意念

回想起來，這個過程讓我明白：我們認為好的東西，上帝不一定給你；而上帝給你一樣你認為是壞極的東西，其實最後卻發現這才是更好的。

當初唸不到外交系，進了政治學系政論組，讀了一些後現代、現代的理論，起初覺得理論不過是空想，讀這些理論有什麼用？後來發現太有用了！因為對於後現代思潮整個來龍去脈有所了解，知道怎樣投身在後續的相關研究，對於之後行政經驗與能力，也都是很好的預備與訓練。

我一生致力推動的全人理念，一部分也跟我大學時期接觸的政治思想有關係。

從中世紀開始的思潮，包括基督教思想對現代社會造成極大的影響，西方思潮經過這麼長久的發展，西方的思想家都經

歷過一番身心靈大戰，才發展出各種理論。政治學系需研讀各家思想，包括神學家奧古斯丁（Augustine of Hippo）、後現代學者赫伯特・馬庫色（Herbert Marcuse）等人的理論。

研讀過程中我發現，這些思想家如果能從思考中進入上帝的豐富，就會走出一條事奉的道路；但是如果用這些思想去懷疑神、去檢查人，看待人的眼光如同警察看待小偷，那就看不到每個人裡面上帝的形像。

十六世紀以後思想的劇變，影響人的價值觀及生命觀。科學強調個人主體的經驗，要看見才相信，經驗主義、存在主義把人框限在渺小的架構中，無法認識上帝創造的奧妙與豐盛。因此就如馬庫色所認為，活在後現代文化中的人，是一種被完全「物化」（reification）的「單面向人」（one dimensional man），「人」就不見了（dehumanization）。

所以後來我推動全人理念，提出人要在天、人、物、我四個面向平衡發展，才會有圓滿的人生，也都與早先在政治理論組所接觸的學科有關係。我也提出「知道不知道的知道是知道、看見看不見的看見是看見」這樣的想法，若是大學不是唸政治系，也許就沒有這些思辨。

我在政大外交所時，學科考試考的是國際公法，碩士論文寫的是中英外交史上一個小題目「律勞卑事件之研究」，這是英國第一任駐華商務總監律勞卑抵達中國就任時引起的外交衝突，最後演變為軍事衝突。在這個事件中，我了解到東西方文

化政治衝突的結構性因素，也影響到我後來在福音預工的理念上，會特別重視要進入福音對象的文化脈絡去傳福音。

之後當我進入中原大學任教，上帝呼召我從事基督教與中國歷史文化的專題研究，也因為我有政治外交、國際公法、國際政治的背景，因此可以把這些理論拿來解釋很多中國近代史上發生的教案。

四、五十年後的今天，回顧這段學習歷程，上帝開啟我的心，讓我改變方向，從外交夢到教育夢；日後又放下政治外交強項，走向研究教會歷史的路。我本來以為走的是窄路，走上之後才發現，這條路愈走愈寬，引領我的服事，從進中原大學任教、推動全人教育、成為宇宙光終身義工、跨文化的服事，直走進神豐富的恩典。

我再一次體會，上帝「用繩量給我的地界，坐落在佳美之處」，這條路的的確確是上帝賜給我的，在祂沒有一步路走錯，沒有一著棋下錯。

PART II
展開
找人旅程

回顧我一生的工作，「全人」理念毫無疑問是一路引領在前的關鍵。

「全人」一辭，源自希臘，意謂：「把看得見的部分（parts），加上看不見但卻確實存在的什麼（what）一起思考。」可惜現代人只活在看得見、摸得著、想得通的唯物驗證實證科學主義中，這種極端的單面向思考方式，只會使人越來越不是人，於是我展開了「找人」的旅程……

任教中原 走過風暴學習成長

　　碩士畢業後，我感受到上帝的手似乎一直在引領我進入學校教書，成為一位宣教老師。那個年代，師資不足，取得碩士資格的人不多。而我從東吳畢業，進入政大外交研究所，算是一件令人羨慕、引以為傲的事，所以我對進入大學從事教育工作，充滿信心，於是先探詢母校東吳大學是否有職缺。

　　滿懷希望一試，沒想到校方竟說沒缺額，而加以回絕。

　　我覺得上帝的呼召很清楚，我的異象也很強烈，就是要我當老師，與學生接觸，影響他們的生命，所以我決不輕易放棄。

　　我跟東吳校方說，我不一定要當講師，只要能接觸學生，當助教也可以。結果仍然以沒有缺額遭到回絕。但不久後他們就聘了一位應屆畢業、研究所落榜的人為助教。這讓我感到十分受挫，好像上帝跟我開了一個玩笑！當時政大外交所的杜光塤所長，也親筆書寫推薦函，協助介紹我去另一所大學謀求教

職，蒙董事長接見面談，允諾將以信函通知，結果亦沒下文。

當時外交所同學畢業後，多半去考外交部，準備當外交官。我既不走外交官一途，應徵教職又屢屢碰壁，使我信心大失。我不禁問：「主啊！祢的呼召究竟是什麼？祢不是呼召我當老師陪伴學生成長嗎？祢給我的使命與異象究竟是什麼？為什麼拖延到九月快開學了，還沒有學校聘請我呢？」

就在這個時候，教會青年團契的總輔導張明哲教授關心我找工作情況，我對他說：

「好像上帝感動我要我去教書，可是我卻找不到任何一個教書的工作。」

「那你為什麼不去試試中原呢？」他隨口輕聲的跟我說。

「我是學人文歷史的，中原是理工學院，我應該沒有什麼發揮的機會。」我提出疑問。

但張明哲教授卻說：「理工學院裡面也有人文課程，你可以去試試看。」

因此我就不抱任何希望的投遞履歷試試。1966年去中原應徵面談時，是由院長謝明山博士親自接見。

謝院長看了我的資料後對我說：

「你如果來中原任教，中原是以理工為背景的，對你將來的發展會受限，」他語帶誠懇的說：「但是如果你現在很需要一份教職，我只能幫你排兩個小時的兼任。」

那時開學在即，如果是在一個月以前，我一定不會接受兼

任職，因為那時候我已經結婚，兩個小時的兼任費根本不可能生活。但我已經歷過一番折騰，屬靈生命也經過了操練，中原既開了一扇門，心想必定有上帝帶領，所以我便心懷感恩的答應了。

沒想到這個時刻，我忽然接獲東吳大學一位社會學的知名教授，推薦我接替他的課程。那時他正準備前往香港中文大學任教，他將自己的筆記、教材、講義及相關研究書刊提供給我，於是我就這樣意外的投入了文化社會學科的教學思考領域。想到原先以我為榮的母系，連一個助教的職分都不能給我，外系卻能以講師的職位聘我，讓我正式跨入人文社會科學領域，這是完全超乎我想像的發展。

接任行政職　學習生命成長功課

進入中原第二年（1967年），謝明山院長轉聘我為專任通識教師，並跟我說：「你是學法政思想的，我們中原欠缺這樣的人才，所以我要給你一個任務，擔任人事室主任。」當時我年齡未滿30，非常擔心害怕，因為我畢竟沒有從事人事工作的經驗。

但想到研究所時，有位國際法教授張彝鼎博士，在我畢業後曾很熱心的幫我介紹工作，但我覺得那份工作非我專業而不敢輕易答應。張教授有一次很嚴肅的跟我說：「你知道讀研究

所是幹什麼的嗎？研究所就是傳授給你方法論，你掌握這個方法，就可以面對各種不清楚的事物，用你的方法論去解決未知的問題，這就是讀研究所的目的。」

他的建議帶給我很大的啟發。所以當謝院長任命我做人事室主任時，我心中雖然忐忑不安，但經過禱告後卻大膽接受了。接任時我還不到30歲，是當時全台灣大學裡面最年輕的一級主管。記得有一次到教育部開會，還因為樣貌太年輕，到門口就被攔下來了。

我掌握機會學習，蒐集各方資料，訂出中原大學第一份教職員任用辦法及升等辦法。不過因為中原並未訂立人事管理法規，當時任職中原的教職員工，只要有足夠年資即可升等。訂出規則後，所有人都必須依規定而行。這項新的措施辦法，引起部分教師不滿。那時候我年輕，總覺得不能辜負謝院長的信任與支持，因此做事一板一眼，無形中得罪了一些人，與部分同事關係緊張。

那段日子過得很辛苦，壓力從四面八方而來，學會了許多生命成長的功課。現在回想，那時候的生命，實在太缺少圓融，經過人生歷練後，才慢慢體會。

兼任總務主任　經歷風暴

當時中原仍處於早期的擴張階段，也開工興建許多新館

舍，學校開始收購周圍的私有地為未來校地需求作準備。但是過程卻發生了一些法律問題。

有一次謝院長與我一同回台北，車開到途中時，謝院長忽然請司機將車停在路邊，表情嚴肅慎重的對我說：

「現在我們學校事務運作、行政程序及財產管理有些糾紛，十分複雜，甚至於我也成為被告了，我希望你來幫我的忙。」

語畢，隨即寫了一張便條權充任命狀，委派我在人事主任之外，另兼任總務長。就這樣在進入中原的第三年（1968年），我便身兼人事、總務兩大行政職務，同時還要教書。

兼任總務主任之後，我開始參與購買校地及校務管理規畫工作，因而捲入複雜的校務爭議中，明裡暗裡成為一些人攻訐的對象。身為總務主管的我，為了維護校園安定，不知不覺捲入更多更深的人事糾紛中，甚至被對方當事人告到法院，還驚動媒體，以驚人眼目的「林治平涉嫌偽造文書」大字標題報導。

謝院長是非常虔誠的基督徒，為人敦厚，很愛惜自己名譽，面對諸般不實惡意報導，我與謝院長深感痛苦不安，常在中午休息時間，同跪主前流淚禱告，求主伸冤保守。當時我30歲出頭，還有各方講台邀約服事及青少年輔導工作。面對這些指控，使教會中某些人士對我的品格操守產生疑問懷疑，令我非常無奈氣憤。但也只能勇於面對，自己上法庭為自己辯護。

最後我自身以及學校官司全部圓滿落幕，無罪判決，洗刷清白。但是謝院長還是辭職離開中原。不過上帝仍然重用他，之後擔任過教育部次長及東海大學校長。這些經驗對我性格的磨練及為人處世，都有很大的影響。

　　謝院長離任後，中原董事會決定邀請當時任教美國賓州大學教授韓偉博士來擔任院長。在中原的歷史中，我覺得由韓偉擔任院長對中原的發展非常重要。韓偉院長是公費赴美留學，在有名的賓州大學攻讀生理學博士，並取得終身教職身分。學成後曾返台在國防醫學院服務四年，服務期滿後接受賓州大學邀請於生理系執教。

　　面對此一充滿挑戰的工作機會，與美國優渥教職、安定生活的抉擇，韓偉院長與師母吳期敏女士花了許多時間禱告尋求神的旨意後，決定返國服務。但要求半年時間處理完美國相關事務，然後再返國服務。

　　在此過渡期間，校務委由馮之斅教授代理，韓偉並指名要求教務長劉家煜及我留任原職以求安定。為了韓偉的信任託付，我深為感動，自然小心謹慎擔任看守相關事務的責任。

　　然而，就在韓偉院長即將回國就任一星期前，有一天我循例去學校上班，有人低聲告訴我說：「你不用來了，總務長換人了！」我當時愣了一下，覺得莫名其妙，不知究竟發生了什麼事，但心中並不慌亂。心中浮現的是出奇的平靜安穩。突然間發現，三、四年來上帝的手的確介入，引導我一步步走進祂

要我走的路，帶我進入與我沒有任何關係的中原、得到謝院長的信任支持、學習面對困難與人相處及行政管理經驗，凡此種種均不在我的計畫中，想到這兒，心中出奇平安，就把自己交在上帝手中，平靜接受這個事實。

韓偉返台正式擔任校長後，發現我被換掉了，非常生氣。

他拍著桌子對我說：「It's very dirty. We must fight for this！」完全一副軍人性格，非常直率。

聽他那麼一吼，我覺得天大的委屈都消失不見了。

我心平氣和的勸他：「韓大哥，上帝有上帝的時間，你現在千萬不能為了我跟他們翻臉。如果因此得罪他們，你將來就很難推動校務。」

我知道他性格剛烈，如果真的因此究責爭議起來，對學校發展不利，就勸說當前為學校存亡關鍵時刻，不適合公然樹敵，建議他忍下來，我們作基督徒，相信上帝有祂的帶領！被我這麼一說，韓大哥覺得也有道理，同意不再追究，平息了一場可能發生的風波。

韓偉院長號召留美學人歸國　加入中原

韓院長接任中原院長四年期間，號召了許多海外博士學者專家回台教書。許多基督徒學者，例如後來接任中原校長的阮大年、尹士豪等，都是受到韓院長人格感召，先後回國加入中

原，大大提升學校師資品質。

韓偉院長在美國時，曾在華人教會中擔任長老，開放家庭設立查經班，又經常應邀赴各大學主領查經、培靈佈道聚會，因此認識許多留學生。就任中原院長後，利用多年所建立人才網絡，多次奔走歐美各地，邀請查經班學生返台服務，他提出一個簡單鮮明的口號：「不僅是傳授知識，也是傳講『我就是道路、真理、生命』的那一位」，將耶穌基督的生命之道傳授給海外學者基督徒，這就是今天教會界提倡的「帶職宣教」。

在他的呼召之下，回來台灣落實教育工作的人不少，後來都成為中原、陽明發展的骨幹人物，包括王晃三、陳玉惠、張南驥等，都是在國外拿到很好的學位，對教育工作有特別的呼召與負擔的學者，就因為回應韓偉的呼籲而回台灣服務任教。

韓院長接任中原校務的第二年，有一天忽然對我說要替我伸冤，要我準備去接訓導長職位。我滿懷感激，但卻也立時回絕了。因為我當時已經決定投入《宇宙光》雜誌的創辦工作，同時也確定上帝的心意，是要我透過在校園裡授課、與學生相處來影響學生。與此同時，也有一些社會關懷工作正在開展，實在無餘力投入關懷中原校園行政管理工作，只能對韓偉的破格邀約，說一聲「對不起」了。

走過這片風暴，我便從繁忙緊張的中原行政工作中抽身而出，得以回到學術教學領域，準備成為一名真正的老師，回到學生群體中，去影響年輕人。而宇宙光深入文化社會接軌的福

音預工宣教工作，也在主的呼召帶領下逐步展開，回想起來，如果當年中原的行政工作沒有被退的話，我是不可能承接宇宙光福音預工的挑戰的。

後來，1975年韓偉受聘至陽明醫學院擔任首任院長，希望我去陽明專任教職，在科技、醫學等領域加入文化教育的課程。這個想法雖與我的觀念相同，但我既已在中原開課，就只答應兼課。三年後，韓院長再次邀我去陽明擔任重要教職，他知道我的呼召，就勸我說：「你既然對學生那麼有使命，那你來做訓導主任，就可以跟學生天天在一起。」

但那時宇宙光的工作才剛起步，不可能去陽明擔任行政職務。韓偉也發現，我那時候雖然年輕，但還是有理念的，我不爭什麼位子，他甚至跟我說：「現在國立大學是大家排隊等著進來都進不來的，你有這麼好的機會可以進國立大學，如果你現在放棄了，以後就沒有機會了！」

他這種話都跟我講了，但是我跟他說：

「不行！現在宇宙光工作剛剛開始，我覺得神要給我的操練我已經謙卑的學了，我還是要在宇宙光服事，宇宙光一共只有七、八個同工，我如果離開，宇宙光是要關門的。」因此又婉拒了他的好意。

但雖然韓偉的好心被我婉拒，他卻全力支援宇宙光各項事工的發展。出任宇宙光的董事，在《宇宙光》雜誌撰寫專欄，參與宇宙光講座及學術座談會，不僅自己奉獻支持宇宙光各項

福音事工、更製作卡帶鼓勵信徒支持宇宙光工作、甚至在重病之際仍關心宇宙光事工，吩咐妻兒大力支援宇宙光購屋計畫，也發起一人一坪奉獻計畫，在他回天家之際，叮嚀家人勿忘宇宙光購屋建社的需要。

韓偉直率果敢　擊不倒的真英雄

我常覺得，我怎麼這麼有恩典得以認識這些人，謝明山以他稟賦的中國君子之風，溫柔的對待我；韓偉則是烈性的火焰，給我很大的溫暖。

韓偉做起事來衝勁十足、勇敢果決。他擁有美國文化的豪爽氣概，見到人都直呼其名，見到我也直呼「治平、治平」的，十分親切直接。

有一次我聽說他跟一位少將級的總教官意見不同，那時教官還是很權威的，結果一言不合之下，韓偉對總教官大聲說：「給我立正！」這就是他的個性，因為他自己也做過軍人，很重視上下紀律，再加上在美國生活許多年，所以相當直率。

不過另一面，韓偉也很體貼、照顧他人。他的風格、學問、個性，我覺得對中原而言非常重要。韓偉正式出任中原校長以後，我們之間的關係成為更親密的朋友。

1974年我們一起去瑞士參加洛桑世界福音會議，大家因為一些觀點意見不同，辯論不已，沒想到韓大哥走到門口，把門

一關，轉身對我們說：

「好吧！現在大家可以好好的吵了，關著門我們可以盡情的大吵一架。」

那天晚上來自各方的代表們果然大吵了一架，韓大哥的聲音很大，我們的聲音也不小，一直吵到深夜，才把爭執的問題吵清楚。然後韓大哥滿臉笑容的打開門，對大家說：

「吵完了，大家出了這門就是好弟兄、好朋友。」

以後的日子我們常常「吵」，其實我們是沒有資格跟他吵的，他比我大了十多歲，又是我的上司，但是韓大哥容許我們跟他「吵」。記得有一次我與曉風都覺得他處理事務有些不對的地方，我們跟他約好時間，事先聲明要清算一下他的缺點。那天韓大哥在家中請我們吃飯，由韓大嫂親自下廚。

飯後我們四人坐在他們家的客廳中，韓大哥拿出一本大大的記事本，抬頭對我們說：

「I am ready（我已經準備好了）！你們說吧！」

我們也不客氣的拿出我們早已準備好的筆記本，寫著我們的不滿之處，我們一點一點說，他也不加辯駁的一點一點記下來，然後我們開始了一次深談。那天晚上，我們離開他家時，夜已深沉，不過我們的心中踏實而快樂，我們知道在主耶穌的愛中，我們有一位了解我們、愛我們、寬容我們、會為我們的委屈生氣、甚至一怒而起挺身保護我們的大哥，在他面前，我們有一種安全感。

韓偉院長（右三）與中原師生合影。

韓偉夫婦。

韓偉院長（前）在病床上仍不忘支持宇宙光事工。
後立者為阮大年夫婦。

1984年韓偉安息主懷，在他的追思禮拜上，眾人見證追思他如二十世紀的保羅，奉獻生命，打完美好的仗。他愛神、愛人、愛家，一點也不猶豫的將他的愛表達出來，生前病榻上仍為許多人及世界各地事工代禱，並肯定鼓勵宇宙光的文字事奉工作深具意義、價值，要我們珍惜一切機會，好好服事主。

　　雖然哲人已遠，但他永遠活在我的心中，是一位擊不倒的真正英雄。

研究轉向　不歸路成恩典之路

在中原，我最初是教「中國近代史」課程。

當時教「中國近代史」，馬上遇到一個很大的困難，要不要講「基督教與中國」這一段？這是一個很大的困惑。

「中國近代史」課程一開始就是從鴉片戰爭講起。因為我讀的是外交，教外交史算是我的長處，於是我跟學生介紹〈南京條約〉的原文，並翻成中文對照和解讀，講得比較深入。下課時，我則跟他們分享基督信仰的內涵。

開課一段時間後，有一天有個學生跟我說：「林老師，我覺得你上課講的內容很權威、很有根據，具備學術專業，我們聽了也感到有趣。但是你下課講的，我們雖然也覺得很有道理，可是卻都沒有證據。同時，你上課講的鴉片戰爭、英法聯軍，講到這些不平等條約，又牽涉傳教士的條款等等。這些傳教士，一方面對中國很有貢獻，一方面中國近代史的哀愁又大部分是傳教士帶來的，基督教與帝國主義環環相扣，所以我們

覺得很矛盾。」

學生這樣想，我感到很驚訝，我選擇教書的原因，主要是盼望與學生分享福音，如今卻發現，我把中國近代史講得越深入、越有趣，我的學生反而離基督教越來越遠了。怎麼辦呢？

在這種情形之下，我感到很痛苦，我發現我的工作跟信仰不能吻合，這種衝突在我裡面越來越強烈。我要如何才能在信仰與工作兩相衝突的矛盾中求得平衡？

這也成為我研究方向改變的重要轉機。我開始思考，中國近代史的這些敘述是不是有問題？那時哈佛大學的費正清（John King Fairbank）教授提出，研究歷史不能只從現有可見的史料中去著手，還要運用所謂的sociocultural approach（社會文化取向）落實從事。當時台灣只有少數人談這種研究方法，我接觸這些理論的時間點比較早，因為我的老師杜光塤教授，在我讀研究所時，就給我們發過一篇講義，專門說明這些理論。

於是我把注意力轉移到傳教士擔任翻譯官的例子，譬如丁韙良（William Martin）擔任〈天津條約〉的翻譯官而訂出不平等條約，從某個角度來看是欺負中國人，但他為何要這麼做？我去查閱丁韙良的著作、日記，發現他之所以要做翻譯官，是希望接觸並了解中國的歷史文化根源地——也就是中國的北方文化後，知道如何向中國人宣講基督教的教義。所以他的出發點不是幫助西方侵略中國，而是在理解文化、推展傳教工作。（有關丁韙良的事蹟，可參閱「科學與救恩——丁韙良在華宣教之

研究」，《基督教與中國論集》，林治平著，宇宙光出版）

我的研究方向開始從這個角度切入，後來就轉移到基督教研究，探討基督教如何與中國近代史發生關係？中國的現代化內涵究竟是什麼？再往上推，就是什麼叫做現代化？

提到現代化，一定會想到西方國家，但西方這兩三百年並沒有解決生活的黑暗、人類的痛苦和煎熬等問題，所以我認為那並不是現代化。真正的現代化是要重新回過頭去恢復人性的尊嚴、人性的意義、人性的價值，也就是我所說的「找人」。

我在這個領域，其實是糊裡糊塗走進來的。我不是讀歷史的，是讀外交的，開始研究時，中研院近史所的學者覺得我很奇怪，呂實強教授就有好幾次在評審會上直接指出，說我的研究跟傳統史學觀點不一樣。

因為早期的學者多半是持反教論點，來研究基督教教案問題，但他們論述中國傳統儒家反基督教，並非真正傳統的儒家，他們反的基督教也不是真正的基督教，我認為應該將兩者的本質研究得更透徹再做定論。後來呂實強成為我很好的朋友，其他從事反教研究的學者，譬如王爾敏等人，也都成了我學術研究上的好朋友。

立志成為權威學者　上帝卻另有計畫

我是一個很看重生命計畫的人。開始當講師時，就下定決

心要好好教書，努力研究升等，心想只有這樣才能榮耀主名，作好見證。所以，除了著手為撰寫升等論文蒐集資料，也計畫將撰寫過的論文重新修整，準備寫出一篇洋洋灑灑、百萬言以上的大論文。

心裡想著，三年以後要完成第一篇論文升副教授，然後再過若干年升教授。如此這般奮鬥十年，便可以在這個領域得到同儕的尊重，成為中英外交關係相關研究領域的權威學者，在學術界站穩根基，越想越興奮！

然而這時，我內心的衝突矛盾發生了，我一再反覆禱告後，奇怪得很，似乎感覺到上帝對我有特別的呼召。我問上帝：「上帝哪！我該怎麼辦？」的時候，祂問我：「為什麼我帶領你讀中國近代歷史？」

然後心中就出現聖經中末底改對以斯帖講的話──「焉知你得了王后的位分，不是為現今的機會嗎？」我心想：是的，上帝已經給了我很好的機會，受了很好的教育，又能夠在大學教書，可以接觸到很多學生。對一個窮困的軍人子弟而言，在那個升學受造就機會不多的時代，能進入政大外交研究所研讀，這就是上帝給的王后位分，就是上帝賜給我的現今的機會啊！

當時我在上帝面前，感覺到祂的呼召這樣臨到，但我以為，這似乎是要我放棄已有的成就，放棄過去的努力。我不肯、我害怕！我掙扎、掙扎，禱告、禱告，然而上帝的旨意與呼召

很清楚。

就這樣在上帝面前禱告、掙扎，經過半年，我發現只有順服，於是我決志走一條犧牲、奉獻、捨棄的道路。

有一天，我終於跟上帝說：「上帝啊！我順服祢！我只有順服祢！」我把過去所有已經蒐集好的資料打包，用繩子綁起來，放到另外一個地方。

當時我覺得基督教與中國歷史關係的研究是一條窄門狹路，沿途充滿艱險，一旦走上去，就是一條不歸路，可能今生今世只能作一輩子小講師。走上這條奉獻研究的路，心裡真有一點悲壯之感，於是跟上帝說：「主啊！我一輩子作講師算了。」

如今回頭看，實在感謝主，五十多年前呼召我從事基督教與中國歷史文化的專題研究。以前我總以為獻身奉獻就是放棄一切所有，走上一條一無所有的可怕道路，並且從此以後一切都完了。但是很奇妙，當我作了決定以後，發現完全不需要丟棄以前所學。研究基督教與中國歷史時，我過去讀的政治學、社會學、國際公法以及國際關係，都非常有用，可以幫助我了解，中國外交史中很多的教案問題究竟是怎麼一回事。

今日再次回顧這條奉獻的道路，我發現自己並沒有丟棄任何東西，再一次體會，奉獻不是跟過去說 bye bye，而是把自己獻給主，把自己所有的一切，交在主的手中，憑主運用，成就主榮耀的事工。

教學有方 滿腹熱忱累死人

　　我初進中原的那些年，中原對任課老師備至禮遇，每天中午在校長客室備置午餐，並由校長、教務長、訓導長、總務長相伴作陪。我就這樣認識了教務長劉家煜。他對老師們十分客氣禮遇，閒談間關切之情溢於言表，是一個十分溫暖有趣的人。對我這樣一個新手講師，也不時提攜關懷慰問。

　　後來劉家煜決定在中原成立心理系，是除台大外，一般大學設立的第二所心理系。在忙碌不堪的教務長工作之外，更加忙得喘不過氣來。然而沒有想到，他在這種壓力重擔下，卻默然做了一件令我感動莫名、終身難忘的事。

　　那時我住在一幢小小老舊的日式房中。記得是一個週末的下午，電鈴響了，對講機傳來的聲音令我愣住了：「我是劉家煜，請問林治平老師在家嗎？」堂堂大學教務長有什麼重要事要在週末造訪一位卑微的小講師呢？我急忙跑出去迎接。

劉家煜教務長一席話　在我心中流動不息

「你知道我現在正忙於籌辦一個新的系——心理系。」他滿懷迫切的對我說：「現在的社會文化充斥一片失落失喪、唯物無神的聲音，以致現在的心理輔導學界也都是無神主義，我希望將來中原的心理系與眾不同，是一個以有神為前提的心理系。因為前提如果錯誤偏差，失之毫釐，謬以千里。希望未來中原的心理系，不要一開始就跑錯了！

「心理系的學生應該對傳統、文化，都有一個正確的認識。所以我對每門課程、每個任課老師都小心謹慎，嚴格要求挑選。你是本校聘任的歷史老師，我知道你從歷史發展的文化變遷角度，切入歷史、討論歷史事件，並從有神或無神的角度，客觀討論歷史事件的得失發展。

「我希望把中原心理系的中國通史課程交給你，希望你把教會在人類思想文化上所發生的影響，以及所成就的一些觀念能夠告訴學生，讓他們建立一個有神的心理學的基礎，也從文化比較的角度，與學生分組研討其中的差異。

「我知道你也在東吳大學講授社會學，希望你也能在中原心理系教授同樣的課程。」

一位教務長對一個新手小講師，會有這樣的盼望，令我十分感動。劉家煜教授那天心靈激動對我說的那段話，一直在我心中流動不息，成為我隨時的激勵幫助。於是我花很多時間蒐

集相關資料，深入文化社會，組成團隊，相互研討，也盡量陪伴學生，啟迪討論，迎向歷史文化社會的挑戰。

我也要求學生分組撰寫專題報告，從找研究專題題目開始，到資料蒐集、小組討論、論述格式、論文內容呈現，每個階段都陪伴參與，直到論文完成。學生修課初期難免叫苦抱怨，但論文完成，報告完畢，學生捧著一大本論文，也自有一番成就快感。

有的小組研究台灣的戒毒工作，發現戒毒工作沒有功效，戒治者一離開就想買毒品；有的探討西方帝國主義與中國的關係，就在宣教士扮演角色上著力來做研究；還有研究行為科學的學生，在我要求實地訪談探討後，前去訪問候選人及選民，後來，這個學生竟步入政壇，發揮了相當的影響力。

那段時間，中原心理系系刊所登出的許多篇文章都是出自我所指導的學生，內容也都跟社會文化有關。學生剛開始覺得辛苦，後來他們也發現其實這樣的學習有很多好處。

曾有一位心理系的選修學生，畢業進修取得學位、回校擔任系主任，憶起往事，曾在系刊中寫成〈累死人的教學法〉一文，細數修習選修我所教授課程的經過，回想那段期間，一直令人難忘。

我這一生，中原與我的關係至為重要，若不是中原，我可能不會介入人文社會歷史的研究領域，也不會投入參與那麼多的社會文化活動。在熱烈投入教學活動及社會文化運動之際，

上帝讓我在繁忙的教學職務生涯中，結識了許多影響我一生的良師益友，也有一些學生後輩一直在我投入參與的事工中，成為我的夥伴同工，這是我怎麼想也想不通的上帝賜福恩典之路。

行政職歷練　為宇宙光服事奠基

當年在沒有預期、幾乎絕望時，進入中原理工學院任教，使我深深覺得那一定是上帝親自開路讓我去的地方，上帝開的路超越人的想像。

回顧我進入中原最初四、五年的腳步，從1966年開始擔任講師，1967年擔任人事主任，1968-69年再兼任總務主任，這些事工責任，原先都不是我人生規畫中要做的事。

但在上帝的帶領下，我竟然在不得已之下，接受複雜的行政管理及與人相處之道的諸般磨練學習，在一連串爭戰過程中，年輕的我走過誣陷痛苦、面對莫須有的猜疑攻擊，初出茅廬實在無法支撐下去。如今回想起來，這一切都是「上帝對祂兒女的操練！」在人生成長的過程中，只有苦難艱困會幫助我們成長，引領我們走過不可能，看見「在上帝凡事都能」。

作為一個基督徒，我的經驗就是：生命中的許多事，我們事先不知道，但是上帝知道。如果那時沒有從總務長職位上突然莫名其妙被撤換，我就不可能承擔宇宙光的事工；從行政工

作上卸任下來，讓我可以花時間在學生工作上，無論在課堂上或課堂外，都建立了緊密的師生關係。譬如組成班級小組、開放家庭、深入小組生活，以及出任教會團契的輔導。更深入接觸青少年文化，眼界大開，對當代社會文化的演變與教會發展間的相互關係，認識更為密切，為其後宇宙光事工打下了良好的基礎。這些功能都不是我們能事先預備安排的。

又如我開放家庭讓學生們到我家，為他們講授中國近代歷史，特別是基督教進入中國的歷史。還在家裡開讀書會，與他們共讀不同的書，書單裡甚至有艱深難懂的《相對論》。此外，也與學生一起談未來的戀愛、婚姻和家庭問題，學生和我太太曉風也建立了很好的關係。

當時我教的兩個班，一個是工業工程系，一個是化工系。那些學生現在差不多都七十多歲了，他們當中有些人後來轉行去做社會關懷工作，在台灣和美國都非常成功；也有一位化學系的系友，後來返校，出任系主任、院長、副校長等要職；也有一些學生後來從事教會牧養工作。

上帝開恩賜給我的一切，完全不在我的規畫想像之中，祂只是呼召我成為一名學校的老師，至於在哪裡擔任老師、如何成為一位老師，上帝自有祂完整奇妙的計畫。於是從那個時候開始，五十多年來，我一直覺得自己對擔任一位上帝所選召的老師這個職分，擁有一份感動、一份熱忱。

我覺得上帝對每個人一生的時間和位置安排，凡事都有定

時定位。如今回首，看見上帝的手一直緊緊握著我的手，從來沒有放鬆過，上帝對我的一生，早有安排。在中原有關行政管理方面的學習帶領，以及對教課與學生相處的祕訣，必然也有主的計畫在其中。

堅決反對 竟意外接下宇宙光

　　1973年，我糊裡糊塗接下準備創刊的《宇宙光》雜誌，之後《宇宙光》所關心的議題，竟然陸續開展出各樣的事工，宇宙光不再只是一份雜誌。

反對《宇宙光》創辦的「創辦人」

　　有很多人說我是《宇宙光》的創辦人，錯了！其實最初我是反對宇宙光創辦的人。

　　1973年，我35歲，在中原大學教書，並與教會及校園團契配搭，在青少年群體中擔任輔導，從事校園福音工作。工作穩定，服事忙碌充實。

　　就在工作、服事得心應手之際，那年夏天，曉風收到一封劉翼凌先生從美國寄來的信，這位高齡73歲、香港前《燈塔》月刊的主編，找上我和曉風，來信呼籲對文字工作有負擔的有

心人創辦一份繼承《燈塔》月刊的刊物——《宇宙光》。

　　《燈塔》是一份向非基督徒傳福音的雜誌，當時發行了十多年，為華人教會帶來極大影響，是很了不起的事情。1970年因為不堪虧損宣布停刊。當時在美國的劉老弟兄聽說這消息，非常震驚，無法接受。他對文字福音事工有使命感，因此希望辦一份刊物《宇宙光》來接續《燈塔》的棒子。

　　他覺得華人教會界應該來承擔這個挑戰，尤其台灣是人才、也是資源最豐富之處，向華人做宣教工作，台灣人實在責無旁貸。

　　這個想法聽起來像是開玩笑，我們本能的反應是「不可能」！我是很理性的人，辦雜誌，人才在哪裡？錢在哪裡？讀者群在哪裡？這些我們都沒有，憑什麼辦雜誌？當時我們立刻與一些有經驗、有負擔的人士研究、商量，認為在當時的各種條件下，要辦《宇宙光》雜誌是一件不可能的工作，我們都跟劉翼凌說，NO、NO、NO。

　　何況當時台灣文化界也流傳著一句話：「你想害誰，就勸他辦一份雜誌！」我們極力勸阻，希望他打消念頭，免得他一世英名，毀於一旦。

　　但劉老先生沒有被我們一連串的「不可能」嚇到，在我們的勸阻聲中，他仍然遠從美國飛來台北傳遞負擔。我極力勸阻，甚至於把台灣的一些文字工作者都請來跟劉老先生吃飯，輪流跟他分析，我們認為《燈塔》時期已過，現在已經不是那

劉翼凌老先生與我。

個時代了，想要辦這麼一份雜誌，是做不出來的。而且那時我在校園團契、學園團契已經有很多事奉，還有在中原大學的教學工作，絕對是忙不過來的，無法接下這份任務。

我想劉老先生那餐飯吃得很難受吧！我們說完一堆勸阻之詞後，便靜靜等候，看他有什麼想法，他笑著點點頭說：

「困難總是有的啦！但是該做的事情還是應該做的啦！」

──這就是那天的結論。

講了半天，他還是很堅持。我覺得我該說的話已經說盡、該扮演的角色也已經扮演完畢了，從此以後楚河漢界，我就不管這事了！我和台灣的很多同工都跟他表達得清清楚楚，你要

重新辦一份雜誌？很困難！根本不可能！

　　沒想到在我們幾乎都一致回絕他之後，過了不久，他就宣布借到了一個地方開始《宇宙光》創刊號的工作。他就自己一個人，借了某人家的客廳一角，擺一張桌子就開始了。

　　這個一人當關的宇宙光辦公室，離我家只隔一條巷子，走路不到10分鐘就可抵達，我和家人每天外出都會經過。起先我也沒有很在意，但有一天早上起來讀經，不知怎麼搞的，下面這一段非常熟悉的聖經經文，在我腦海心際，寫下了一頁新的歷史：

> 耶穌就用比喻說：「有一個撒種的出去撒種。撒的時候，有落在路旁的，被人踐踏，天上的飛鳥又來吃盡了。有落在磐石上的，一出來就枯乾了，因為得不著滋潤。有落在荊棘裡的，與荊棘一同生長，把他擠住了。又有落在好土裡的，生長起來，結實百倍。」耶穌說了這些話，就大聲說：「有耳可聽的，就應當聽！」（路加福音八：5-8）

　　耶穌講的直擊要害、清楚明白，在這個比喻裡，種子的確是神的生命之道，但是為什麼撒出去的種子卻至少有四分之三無法生長、無法開花結果呢？神的道不是比一切兩刃的劍更快，甚至魂與靈，骨節與骨髓，都能刺入、剖開嗎？（參希伯來書四：12）難道神的生命之道竟然結不出生命的果子嗎？當

然不是！

那麼是為什麼呢？土地不對，種子再好再純正、撒種再努力再勤奮，都沒有用。原來種子不是撒在田地上，而是撒在其他地方：有撒在路旁的、有撒在土淺石頭地上的、有撒在荊棘叢中的，他們不能結實，不是種子有問題，而是土地有問題。

所以一個聰明稱職的農夫，在撒種之前必然會仔細把田地整理一番，看看有沒有荊棘雜草、除去樹根巨石，直到把土地整理好了之後，他才會小心翼翼的種下每一顆寶貴的種子，等待他成長開花，結實三十倍、六十倍、一百倍。

所以，傳福音要從改變接受者的土壤開始。整理土地，除去荊棘、雜草、亂石，這就是「福音預工」！

主說「你們給他們吃吧」 因而接下擔子

接著我又讀到路加福音九章13節，耶穌說：「你們給他們吃吧！」就用五餅二魚滿足五千人。這些故事，其實以前我都讀過了，可是那天早上讀的時候，不知道為什麼，心裡非常感動！門徒雖然貧乏不足、軟弱有限，耶穌卻直截了當清楚交代使命任務。這使我領悟到：我們雖然是軟弱的，但是神使用我們，飢餓的眾人就會得到飽足。

當時我心中很感動，心想這樣太棒了！各人做各人的服事，因為世人的各種需要是千變萬化的，你做這一塊事工、我

做那一塊事工，永遠不嫌重複；想到一位七十幾歲的老人家，已經退休可以安享餘年了，卻一個人坐了飛機，從美國到台灣來孤軍奮戰，我想，這段經文正是他在做的事，應該對他很有幫助，於是打電話給他，想以此鼓勵他。

我拿起話筒，才說到早上讀經讀到五餅二魚的故事，正要分享，他就說：「不要說了，你先過來幫我忙，我現在很需要幫忙！」

他借用的辦公處所離我家很近，神的安排很奇妙，他在台北市那麼大的地方找房子，卻找到離我家只隔一條巷子的地方，於是我就這樣糊裡糊塗過去了。

到了那兒，看到他桌上堆滿了東西，他老人家正在那邊忙。我正想講「神與你同在啊」這些鼓勵的話。他看到我就說：「嗨，你來了，我很需要你幫忙，你就來幫忙寫一篇發刊辭好了！」

就這樣，我坐下來寫《宇宙光》雜誌的發刊辭。原來只是想，這位老人家既然是來服事神的，我能夠幫忙做一點事，就幫忙吧！但沒想到就真的編輯起來了。

萬萬沒想到，當初認為「不可能」的我，因為耶穌那句「你們給他們吃吧」擊中我的心靈深處。而「種」落良田才能結實纍纍的比喻，大大打開我的眼界心胸，似乎有一種說不出來的責任，在背後催促著我往前行。

從「不可能」到「我願意」

1973年8月，我加入劉老先生的號召，投入那本名為《宇宙光》新雜誌的創刊工作。第一期付印前夕，我想起自己從「不可能」到「我願意」的改變，便寫下了〈深海、魚缸〉一文，表明自己領受的呼召：

耶穌說：「舉目向田觀看……」

如果你遵命「舉目」，你將會發現「許多人困苦流離，如同羊沒有牧人一般」；面對群眾廣大的需要，請問你的反應是哪一類：

（一） 從來沒有想到你也需要舉目向「田」觀看，所以從來沒有「觀看過」，因而覺得悠哉悠哉，好不快意的過著「心如止水」的基督徒生活。

（二） 雖然知道應該舉目向「田」觀看，但為免因而付出太多，愈「陷」愈深，因此緊閉雙目，堅決不看。

（三） 看固然看了，但發現需要是那樣的大，而我的力量是這樣的小，因此為著「量力」而行，只有視而不見，無動於衷，終於「良心被熱鐵烙慣」，毫無所覺的不聞不問了。

（四） 遵命「舉目向田觀看」，然後懇求莊稼的主作工，差遣工人去收早已成熟的莊稼。

不管你是屬於那一類，請你注意聽——

耶穌說：「你們給他們吃吧！」

「我們」給「他們」吃？耶穌恐怕祢說錯了吧？我們這些充滿缺點、心懷二意的人，怎麼可能滿足數以千萬計的群眾的需要？我們只有二十兩銀子的餅又怎麼能填滿那麼多飢渴的眾人呢？而我所能奉獻給祢的五餅二魚，給他們吃一點也是不夠的，祢怎麼說：「你們給他們吃」呢？

但是——

當年王明道聽到耶穌說：「你們給他們吃吧！」便創辦了《靈食》季刊，雖然歷盡艱辛，但對中國教會卻發生了重大的影響，如今我們順服神的引導，繼《燈塔》之後，創辦《宇宙光》雜誌，便是希望為那些飢渴困苦、流離飄盪的靈魂送上一份靈食，我們雖然連五餅二魚都沒有，但我們願意支付出所有的魚與餅，求耶穌祝福，藉著我們分送無窮的福氣。

我能獻上什麼呢？

在那座行神蹟的山上，曾有人向主坦承自己力量的有限；曾有人四出尋找有心的人，帶領他們到主耶穌面前；曾有人——一個小小的孩子獻上了他的五餅二魚，於是主耶穌開始了祂的神蹟工作。

今天，我們深知自己的有限，但仍情願遵從主的命令，舉目向田觀看，我們也極願成為那小小的孩子，獻出我們

所有的一切，我們不求主耶穌站在我們這一邊，只求我們站在主耶穌那一邊，讓祂作元帥，開始那遠超過我們能力範圍所能達到的神蹟工作。為著主，但願我們不是量力而行，也不僅是盡力而行，而是遠超過我們的能力而行。

我們深信神蹟必定會展開，但是——

誰願為主分餅分魚呢？

在那座行神蹟的山上，門徒忙著分送魚與餅給那些饑餓乾渴的群眾，當他們繼續分送時，神蹟就繼續不斷的產生。

今天誰願意為主成為一個分餅分魚的人呢？

那句「你們給他們吃吧」的呼召，讓我開始投入《宇宙光》雜誌。上帝不斷打開我們的眼界，讓我們看見社會的需要——「許多人困苦流離，如同羊沒有牧人一般」，我們服事的境界、領域不斷被上帝擴張，從雜誌而擴及到文字影音出版、送炭社會關懷、輔導協談關顧、科學信仰探索、教會歷史研究……。

回頭看，忍不住驚嘆：向來沒錢、沒資源的宇宙光怎麼可能推展出這麼多樣的事工！原來主耶穌不僅要服事祂的人有行五餅二魚神蹟的能力，更要信靠祂的人，自己先經歷五餅二魚的神蹟，先被主餵養，才有能力「給他們吃」。我和宇宙光同工就經歷過無數次五餅二魚的神蹟。

福音預工 堅持理念遭批評

　　開始投入編輯以後，遇到很多困難。劉翼凌老先生在台灣待了一兩個月左右就回美國去了。但他要求稿件必須經過他審查。那時打電話到美國很貴，為了節省開支，我們採用郵寄的方式溝通意見。稿件往返至少一個月，如果有不同的意見需要修改，就非常費時，出刊作業會來不及，而且我們雙方若有問題，彼此寫信來往討論，要達到圓滿的共識也很不容易。

　　劉老先生當時對於我們編的《宇宙光》內容，採用福音預工的方法，缺少直接宣講福音內容，非常不滿。

　　對於福音預工的方向，我跟劉老先生的觀念也有很大的差別，他對福音預工的定義跟我的定義不太一樣。他很堅持每一期的雜誌裡，一定要有救恩、一定要有寶血、十字架等詞語出現。就像在《燈塔》時期，他將每一篇文章的主題劃分得很清楚，這一篇講十字架，那一篇講救恩……，旗幟鮮明。

　　但我說，對中國人而言，救恩、寶血、十字架，是教會內

部專有名詞，非基督徒對這些詞語根本沒有感覺。我們要進到一個群體去了解它的文化，了解耶穌在西方文化當中造成怎樣的影響，因為近代很多觀念是從中古世紀來的，而中古世紀很多觀念是從基督教來的，所以必須先了解這個文化的脈絡，才能知道這些文化是如何影響到世界的。

但他覺得要批判文化，譬如中國人拜祖先，就是不對、沒有用、沒有意義。但我從拜祖先裡看到的，是中國人有慎終追遠的觀念，我認為不宜用批判的方式，而是要喚醒、讓大家了解，去紀念上一代、兩代、三代的目的是在慎終追遠，但最遠要敬拜到哪裡？才能思考到最終要敬拜的，是創造的主。

理念之爭　使命感油然而生

當時劉老先生在華人教會圈中甚有影響力。他甚至寫信給許多教會中人，擔心我的信仰有偏差，包括我們教會的領袖吳勇長老也收到他的信。吳勇長老為這事特別找我去談話，說：「林弟兄啊！你要珍惜你服事的前途啊！你這樣下去，教會都要對你關門啦！」這是很重的話。吳勇長老受大家敬佩，是我的屬靈長輩，他有資格對我說重話。他這樣講，我當然就好好的思想。

對於雙方的爭執，我感到十分難過，有時甚至難過到倒在床上翻滾痛苦，不知自己為什麼要接下這份雜誌？原本各種服

事已經很忙了，為什麼還會遭遇這麼多的誤解批評呢？

也不知道為什麼，在這樣的爭執中，我覺得一股使命感漸漸的、莫名的強烈起來。我想了許久，覺得我們華人教會應該要走出一條福音預工的路，要預備人心裡的好土，讓人可以順利的接受基督。如果人心沒有預備好，就跟對方談論許多「真理」，活在傳統文化綑綁中的華人會質疑：中國人為什麼要接受西洋的宗教？

我覺得要對華人解釋基督信仰，譬如提到十誡，十誡的前四誡是人與上帝的關係，後六誡是人與人的關係。人與人的關係其中第一誡就是「當孝敬父母，使你的日子在耶和華你神所賜你的地上得以長久」。可以從這裡看到基督教的孝道觀及家族觀念。猶太人也是很注重家族觀念。而孝順是中國文化的根，從這裡可以看出，孝順也是西方文化的根，是人與人相處最為重要的基礎。而在人與人的關係之前，則是先有人與神的關係。

至於後來我會提到的全人教育概念，也是基於十誡。人如果沒有跟神有關係，怎麼跟人有關係呢？若沒有跟神有關係，價值觀就會不同。我認為價值觀很重要，因此要尊重人的價值觀。碰到一個人，我會說：我們很尊重你的價值觀和信仰，但是在你將你的價值觀合理化的過程當中，你有沒有想過為什麼要這樣？

那時流行講「現代化」的觀念，中國大陸後來也講四個現

代化，台灣也是追求現代化的。我們很多觀念都可以從現代化作為起點，我們不去拆毀人們信仰的堅持點，而是從共同關心的「現代化」切入。這也是後來宇宙光得以與中國大陸各大學辦研討會、辦學生夏令營，辦了十幾年，就是因為找到可以對話的切入點。

我認為傳福音打的是長遠的仗，直接說「你是罪人、你需要悔改」，當然也會有效果，但是效果有所侷限；我們同樣會說到世人都有罪，需要認罪悔改得到赦免，但那是第二步才說。第一步先說，為什麼有這些違背聖經的舉動，是因為所接受的文化就是如此。

當時西方為了追求現代化，出現很多問題，在美國就是嬉皮運動，在中國大陸則是紅衛兵運動。所以宇宙光在文化觀念這方面做了比較多補充。

雖然開始時劉老先生與我之間有很多爭執，但我覺得若沒有那些爭執，就沒有今天的宇宙光。後來《宇宙光》便成為一份福音預工性質的雜誌，要讓非基督徒願意看，而且讓他們覺得《宇宙光》的文章能進入他們的心靈深處。這個方向的轉變過程非常奇妙。

能源危機中創刊　上帝奇妙供應所需

《宇宙光》創刊號出刊不久，1973年10月爆發了第一次世

界能源危機，物價飛漲，經濟緊縮，廠商紛紛倒閉，而劉翼凌老先生之前所募款項也幾乎花盡！排山倒海的經濟壓力，遠超過我們的能力。一時之間大家都亂了手腳，不知如何是好。

那時候實在沒辦法，逼急了只好到神面前耍賴，「怎麼辦呢？上帝啊，祢知道我們只有幾個『要錢沒有，要命一條』的人，為什麼偏偏在這個時候叫我們開辦《宇宙光》呢？」我不斷在上帝面前呼求。五十年前的景象，如今回想起來，彷若昨日般鮮明深刻。

上帝的回答快速而簡潔，祂說：「是的，你很笨，不知道會發生世界能源危機，難道我也跟你一樣笨嗎？」

過沒多久，我應邀到新竹少年監獄分享，數百位少年犯坐在台下，我告訴他們，雖然身在監獄卻不至於孤單，因為上帝愛他們。講完後，在少年監獄工作的鄭昌世牧師一直向我稱讚《宇宙光》創刊號印刷精美、內容豐富，甚合少年犯閱讀。我聽他這樣說，不禁心頭大喜，以為他會大量訂閱。想不到他竟然問我可否「贈送」一些給少年犯閱讀。

這項要求使我甚感為難，我們從哪裡找到錢來贈送雜誌給他們呢？但當我想到那些誤入歧途的孩子的需要，只好憑信心答應贈送。我心中盤算著《宇宙光》的各項需要，不禁憂急不安。

沒想到，回到小小的宇宙光辦公室，愁雲很快的一掃而空。

我的桌上躺著一封來自美國的信箋，裡面寫著：

「執事先生：聽說貴刊係一份傳揚上帝慈愛的刊物，特寄上美金150元以作贈送貴刊之費用，請按照下列名單次序贈送。」

而名單中，新竹少年監獄竟然名列第一。我禁不住大驚，這真是太奇妙了！從那天開始，我們每月將一千份《宇宙光》雜誌贈送到全台監獄，這項贈送工作至今仍持續進行。

後來我們收到監獄中的教誨師來信表示，《宇宙光》是監獄裡大家爭著要看的刊物，除了表達感謝之外，並希望我們能繼續贈送。我們心中深受感動，相信宇宙光的工作既由上帝的感動開拓，也必在祂的祝福下永遠繼續下去。

《宇宙光》創刊時是32頁，16開，薄薄的一本雙月刊，每本定價10元。能源危機發生，物價上漲，《宇宙光》每賣一本就要賠7元。這樣如何經營下去呢？當時許多發行多年的雜誌都宣布大幅度提高定價，但經過一再考慮之後，我們大膽的決定：不漲價！

創刊時我們雖然不知道物價即將上漲，但全知的上帝難道也不知此事？如果祂已預知此事，卻允許我們作成「錯誤」的決定，我們深信必有上帝微妙的安排，也許我們所面臨的情境，正是上帝訓練我們經驗奇蹟的機會，我們又何必逃避？作了這樣一個大膽的決定之後，我們只有全心仰望上帝。

初創刊時，每月所收的捐獻只有兩千元左右，但到1974

年，捐獻忽然跳到一萬元以上，使我們信心大為增加，雖然無補於虧損，但我們知道必會有甘霖普降。就在當年農曆年初一時，接到兩張面額各為五萬元的支票，這筆款項正是當時最需要的。捐款人說，這是憑信心為宇宙光捐獻的，並希望我們為他們禱告支票到期時能付出這筆錢。

後來這兩張支票順利兌現，使宇宙光度過初期最大的難關。從這兩次經驗後，我們就放心了。用錢時只問該不該用、有沒有浪費，而不問有沒有錢，如果這件事是上帝要我們做的，就毫無猶豫且小心謹慎的付出。

有人以為宇宙光財力雄厚，背後有堅強有力的老闆，這話對、也不對。有什麼財力比奉獻的心更具震撼力？有什麼財團比上帝的府庫更為充實？這一路走來的經驗，我們證明了這一切。

洛桑會議 嬉皮講員大震撼

　　宇宙光剛開辦時，沒有什麼同工，也沒有本錢，在那樣的環境下，上帝竟讓我去參加了1974年葛理翰（William Franklin Graham）牧師在瑞士洛桑召開的世界福音會議。

　　當時葛理翰召開這個大會，很多華人傳道人都很積極參加，我開始是一點都不動心，因為我沒有錢，宇宙光也出不起錢。對於這件事，我當時的想法是：這個會議跟我無關，我就安心的做宇宙光的服事、在中原教書，除非上帝親自把我帶出國，而且負責我一切的需要，我才會出國。

　　有一天，一輛黑色轎車開到宇宙光羅斯福路辦公室門口，坐車的人還蠻神氣的，車子一到達就有人幫他開門。原來坐車的那位黑人是世界福音大會的祕書長，他進到我們地下室狹窄的辦公室，告訴我，希望邀請我去世界福音會議。

　　去做什麼呢？因為大會籌備人員要在開會期間辦一份中文快報，委由一位香港文字寫作者擔任負責人，這位負責人希望

我能去參與編輯工作。

當下我沉默不語，眼睛看著他，心裡想著：「這個算不算外來邀請？」

接著他說，因為他們邀請我去擔任編輯，所以所有的費用由他們支付。既然是這樣，我便答應參加，而且那時宇宙光剛剛成立，正需要連結一些國際資源，所以洛桑世界福音會議就成了我的首次出國之旅。

參與這次國際性的大會，帶給我很大衝擊。首先是大會非常正式，所有與會者都西裝筆挺，沒有穿正式服裝不能進會場；而且會議中有非常多講義，每個人都拿到很多資料，需要在會前閱讀準備。

嬉皮當講員　有沒有搞錯？

有一天，我在會場看到有個人竟然穿了一身嬉皮裝，褲子破破爛爛的，我覺得很奇怪，這場會議不是很嚴格嗎？怎麼會有人穿這種奇裝異服？好奇心驅使下，我偷偷靠近想看他的名牌，一看竟然是講員（speaker）啊！我更是嚇了一跳，在那個年代，嬉皮給人的印象就跟流浪漢一樣，奇怪，大會怎麼會請嬉皮來演講呢？

我趕快翻查會議資料，發現他講的題目是「如何向嬉皮傳福音」，難怪他會穿著嬉皮裝，這讓我感到很震驚！於是去聽他演講。他說，你們要向嬉皮傳福音，首先要自己是嬉皮，然

後要接納他們的身分，站在他們的立場，講他們聽得懂的基督教的話語。他的這段話，也成為我對福音預工的定義。

以前教會人士提到「福音預工」，通常是指傳福音的最前哨，也就是，面對不信的人，必須要直指他們不信之處，讓他們能接受信仰觀念。但我覺得這樣的方式不太對。前面提到，耶穌講「撒種的比喻」，農夫出去撒種，種子如果落在路旁、土淺石頭地上、或是荊棘裡，這三種都沒用，只有落在好土裡的才能夠結實，有一百倍的、有六十倍的、有三十倍的。（參馬太福音十三：3-8、路加福音八：5-8）

所以，有四分之三的土地是不要撒種的，四分之一的土地才是要去慘澹經營的。那麼，什麼是「福音預工」？福音預工就是要去研究土地，土淺石頭地啦、路旁啊、荊棘雜草地都不要撒種，而是要找到那一塊好土再去耕耘，就可以結實三十倍、六十倍、一百倍。

我在世界福音會議所看到的畫面、所聽到的演講，讓我更加了解福音預工的內涵，於是把這個觀念跟宇宙光的福音預工連結在一起。宇宙光剛開始推展福音預工時，遭到許多人指責，批評我們好像在搞當代思想，而不是純粹福音。但我說明我們是在找一塊好土，鑑定為好土之後，再小心的撒種，然後小心的照顧他，才能夠結實纍纍，而不是隨意撒種，讓種子枯死。所以宇宙光在傳福音這件事上，向來是先訂好計畫再傳，如早期出版的見證集，就是站在非基督徒的立場，以寫故事或寫小說的方式，讓他們能讀進去並且讀懂。

當然，福音預工不僅是消極的尋找好土，撒下福音善種，以求豐碩的回收；福音預工更積極的在「壞」土中辛勤耕耘，先把不利福音種子落土生長的「壞」土變為好土，然後再播撒善種，以求百倍回收。

那次大會對全世界福音工作有相當大的影響，包括創辦了「世界華福中心」（簡稱華福）。在那之前，由於華人分散在世界各地，並沒有一個相互連絡、分享資源的組織，很多地方也還沒有建立教會，王永信牧師是當時非常重要的福音領袖，上帝感動他在1976年創辦華福。華福的召開，很自然是由他擔任總幹事，我和王永信牧師也因此開始有往來連繫。

當時，我們幾位年輕傳道人，有的大學才剛畢業，滿腔熱血，但是熱血往往會燒過頭，常覺得不知道老一輩的在想些什麼？總覺得他們趕不上時代。我們這群年輕氣盛的人，很多想法雖然非常膚淺，但常常堅持己見，不稍退讓，自以為是，認為是在堅持真理。記得當華福創立時，大家研議要簽一個「告全球華人教會書」，就是一份文告，我們幾個年輕人對某些措辭另有意見，並不贊成，於是，其中有一位雖然簽了名，卻在旁邊寫上「我反對」三個字，這份文告就這樣被毀了。

然而王永信牧師十分謙卑，與我們誠懇溝通，表明他很看重我們，也很重視我們的事奉。之後幾十年，他沒有一絲芥蒂、沒有一點為難的支持宇宙光的工作，幾乎隨傳隨到，令人敬佩感動。一直到他九十多歲退休以後，宇宙光在美國辦推廣會時，他再怎麼忙都仍然自己開車前來，上台呼籲懇請大家支

參與洛桑世界福音會議，與關心華人宣教的牧者夥伴合影。（中坐者王永信牧師，右一留鬍子的是我）。

持宇宙光。這樣一位長輩，讓我衷心感激，我跟他學到的不只是一點點，而是一個服事的榜樣。

我當時在華福只是一個同工，因為我不是牧師，也不是神學院的老師，但是感謝主，他們仍然安排我作專題演講。我曾經講過文字工作、視聽工作，後來也糊裡糊塗被選為董事會的副主席之一。我從來沒有競選過，但是就一直被選上，直到2022年辭去職務，交由年輕一代繼續推展。

獲選十大傑出青年　感謝上帝特別恩典

瑞士洛桑福音會議結束後，我接著到美國去推廣宇宙光。

因為過去我們一直在學生工作有所投入，適逢那個年代美國的教會有很多華人的查經班，只要有大學就有查經班，查經班的學生們很喜歡我們去演講，許多查經班都聽到我這個名不見經傳的毛頭小子的分享，為宇宙光的推廣，建立不少連結。

在美期間，我住在一位老同學家裡。有一天早上我起床後走到客廳，看到老同學手上拿著一份報紙。他看到我，半句話沒講，就哈哈哈的狂笑，笑到整個人從椅子上往後翻倒（不誇張，真的翻倒了）！

看到他的反應，我很好奇問他：

「什麼事那麼好笑啊？」

「林治平，你看你看，」他指著手上的中文報紙，一副不可置信的口氣：「你竟然獲得『十大傑出青年』欸，哈哈哈……笑死我了！像你這樣……」說到這兒，他突然打住。我也一副不可置信的，把那段新聞從頭到尾仔細閱讀。真的是我！我竟然莫名其妙獲得中華民國第十二屆十大傑出青年獎，太不可思議了！當時的我，內心的感受真是五味雜陳。一方面，我知道老同學沒講出口的話：「像你這樣壞事幹盡的人，竟然是十大傑出青年！真是笑死人了！」因為年輕時我們是一掛的，他非常了解我做了什麼狂事；另一方面，我也在心中默默感謝上帝：「主啊，這個獎實在不是我努力去求來的，心裡只有感恩。」

我一直不知道為什麼自己會當選十大傑出青年，我不像其他獲獎青年，有轟轟烈烈的事蹟，我就只是做了很多不同的工作，譬如陪伴年輕人、藝術團契演出舞台劇之類的。

後來在1993年，我得到了台南二中為了紀念創校八十年而頒發的第一屆傑出校友獎，與我同年獲獎的還有歷史學家許倬雲教授。許教授在海內外皆是知名學者，受大家敬佩，我怎麼會與他並列得到傑出校友獎？當年因事務繁忙沒有去領獎，也許這些獎項本來就是我不配得的，受之有愧吧！母校將獎座寄來，深覺溫馨。上帝在我高中時期拯救我，呼召我來事奉祂，又賜我殊榮，得到母校的關愛與鼓勵，令我感動不已。

2020年在東吳大學創校一百二十週年慶祝活動中，有一項「第五屆傑出菁英校友選拔」活動，我竟然名列44位當選者中。我也是糊裡糊塗，不知為何會獲獎。我在東吳大學就讀期間，沒有什麼亮眼的表現。唯一讓母校覺得高興的，就是當年東吳政治系畢業後，我考取了政大外交研究所，雖然是最後一名考取，但仍是東吳畢業生第一個考取政大外交所的人，當時石超庸校長還在週會時特別提出表揚。

（上）台南二中傑出校友獎。
（下）東吳大學傑出校友獎。

獲得這些獎項實在是上帝對我特別的恩典。就像上帝呼召我進入宇宙光服事，一個人能被上帝揀選，進入上帝的事工計畫中，親炙上帝豐盛生命的澆灌同在，是何等有福啊！

驚喜五十 宇宙光神蹟相隨

　　1975年4月5日先總統蔣公逝世，震動台灣。在他遺囑中有一句震撼中華民族靈魂的話語：「自余束髮以來，即追隨總理革命，無時不以耶穌基督與總理信徒自居……」以他那樣崇高的身分、特殊的地位，猶能心心念念不以福音為恥，甚至在病重臨危之際，仍不忘為主作見證。

　　那時曉風寫了一篇懷念蔣公的文章〈黑紗〉，發表在《宇宙光》上，我們把它印成一份「追思總統蔣公特輯」，16開8頁，印刷考究、圖文並茂，第一版印了10萬份，我們盼望能動員兩千位基督徒在蔣公出殯安厝大典之後，在街頭分發，使國人能了解為什麼像蔣公這樣偉大的人，也需要一位生命的救主耶穌基督。

　　10萬份，在當年是大手筆，其實我們根本沒錢，只是覺得應該要這麼做，就去做了。這份特輯在當時也造成轟動，到現在甚至還有人提起。

蔣公遺體還在國父紀念館供民眾瞻仰致敬時，許多人不辭勞苦的拿著這份特輯，分發給在國父紀念館門口大排長龍的群眾，尚未到安厝之日，10萬份特輯幾乎發送一空、剩餘無幾。

　　我們估計，至少應加印10萬份特輯才能應付需要，但是第一次印刷費所需要的10萬元只收到了1萬元奉獻，如果再加印10萬份免費贈送，實在是太大的冒險了。我們該怎樣應付發送的需要呢？怎麼向那兩千多位準備在街頭發送特輯的基督徒交代呢？我們一點辦法也沒有，神為什麼老是把我們絕對做不到的事情交給我們做呢？

　　就在這時，那深深感動了我的話又再次出現：「你們給他們吃吧！」、「主說這話是要試驗腓力，祂自己原知道要怎樣行」，主啊！這句話對我有何意義？

　　於是我打電話給印刷廠老闆，表示要憑信心加印，不知道他願不願意接受我們的冒險？印刷廠老闆是一位熱心愛主的主內長輩，原本要去新加坡開讀經會的會議，因故不能成行，他表示願將所省下的1萬元旅費，奉獻作為此一特輯的費用。

　　我們心中的興奮之情真難以筆墨形容，大家都忘了飢餓、忘了疲憊、忘了時光的飛逝，每個人都為了能如期趕印這份特輯而努力。

　　10萬份特輯終於及時印出來了！

神蹟顯現　不可能成為可能

　　10萬份特輯即將裝訂完畢，但我們需要的錢在哪裡呢？我們不能再拖欠印刷廠的印刷費了。我們擠在地下室裡小小的辦公室內，只有迫切的在神面前懇切求告。

　　禱告會之後，我記得有一天，一位身著黑西裝的中年陌生男子，進到我們那個亂七八糟的辦公室，他搖了搖手中的一本特輯，說：

　　「這是你們印刷的嗎？」

　　「是的，請問有什麼指教？」我回答他。

　　「這印得很好，你們還能給我一些讓我去分發嗎？」他指著剛印製出來成堆的紀念特輯說。

　　那些特輯好像有上萬份，我那時年輕，立刻伸手拿起兩疊，幫他將紀念特輯從地下室搬上樓。走到屋外，看到路邊停著他的黑色大轎車，我幫他把紀念特輯放上車，他遞給我一個牛皮紙袋，說：「謝謝你們各位，這是一點小小的心意，表示我的支持。」說完車子就開走了。

　　我回到辦公室打開紙袋一看，裡面竟然是10萬元現鈔！之前我從來沒見過10萬元現鈔，以幣值換算，可能相當於今日的100萬元。那時，我才真正了解：事奉就是遵行神的命令，去做一件不可能的事，並因著神蹟的顯現，使不可能成為可能！

當然，我們所收到的不可能都是這麼大額的奉獻，創刊初期是很多零星奉獻累積起來的，其中有許多竟是學生省吃儉用或以當家教的收入捐獻，收到這些真誠的奉獻，我們除了感謝外，更增加了我們對這份工作的信心，我們深知我們並不孤單！

　　我們不是有錢再做事，我們是做事以後就有錢。

修澤蘭夫婦的奉獻

　　宇宙光是從借用新生南路日式平房的客廳一角，擺上一張長桌開始的。後來，這棟日式住宅面臨拆除改建，我們必須另覓新址，尋尋覓覓一直找不到交通方便又房租低廉的地方。不料有一天，大名鼎鼎的建築師修澤蘭約我到她位於羅斯福路的事務所見面。

　　這位開發花園新城、名聲如雷貫耳、人稱「修先生」的女強人修澤蘭建築師，深邃的眼光看著我，直截了當的對我說：「聽說宇宙光還沒有辦公室，這棟大樓地下室有一間小房間，你們若需要，可臨時借用。」

　　她接著說：「我們一直很欣賞宇宙光的工作，也願意參與奉獻，只是我們既不會寫也不會編，所以我們願意無條件提供這個場所，只收象徵性的一塊錢租金。」

　　我們幾個人興高采烈的搬了過去，宇宙光總算有了自己的

家，大家每天歡歡喜喜的在那個小小的空間中忙得不亦樂乎。

其實我們幾個同工都是大學剛剛畢業，還是社會新鮮人，我都跟他們說，我們的事奉是憑信心，我們願意支付你多少薪水，但是薪水不高，「萬一我們付不出薪水，你不要找我，你要去禱告，因為這是神差遣你到這裡來的，既然是神差遣人，那神就負你的責任，所以我不能負你的責任。」

我們就這樣先跟年輕同工講好了，開始時有一頓沒一頓、有一餐沒一餐的投入事奉，也不曉得為什麼，大家就一股腦兒在做，做得很開心。

有時，修先生會不經意到地下室來看我們。有一次，她笑咪咪的對我說：「看你們每天都那麼快樂，什麼事那麼高興？」有時，我們會站在地下室的一角聊上一陣子，知道她在忙碌的行程中一直熱心參與教會事工及許多服事，她也對宇宙光工作了解的越來越多。

有一天，修澤蘭與她的先生傅積寬對我說：「宇宙光實在太辛苦了，我們既不能為你們做什麼，只有在經濟上支持你們，從本月起，我們願意每月捐獻八千元作為宇宙光工作之用。」

後來因物價波動，他們又自動提高捐款。在羅斯福大樓底樓那間小小的、壅塞凌亂的辦公室中，我們常常會忍不住歡呼：「我們的辦公室雖小，我們的神卻大；我們這些人雖然渺小有限，我們的神卻至大無限。」

我們在那小小的地下室中快快樂樂的工作了將近兩年，神的祝福越來越明顯，我們的事奉工作越來越繁忙，工作人員也由原來的兩人增至十餘人，當時只有三張桌子，同工上班要輪流坐，刊物資料沒地方放，堆得亂七八糟，每次寄發雜誌都要借用別的地方，於是我們只好再一次向主迫切的禱告。

　　修澤蘭夫婦看到我們擠在這麼小的房間內辦公，心中感到難過，決定將位於新生南路、在七號公園預定地裡一間單門獨院的房子，供宇宙光辦公之用。這間房子是宇宙光舊址的10倍大，這就是宇宙光歷史中小木屋時期的開始。

　　許多遠道前來台北的朋友，都會專程到宇宙光看看。他們往往會驚歎一聲：「哎呀！真想不到《宇宙光》雜誌竟然是從這麼簡陋的地方出來的。」聽到這樣的讚歎，我們心中充滿感謝。

　　宇宙光在小木屋時期，服事不斷擴充，各種內容的座談會、研討會、訓練班，從台北延伸到全省各地；帶著福音信息的詩歌演唱、音樂會、戲劇演出，也曾隨著我們的腳蹤在東南亞、歐美各地各處響起；深入社會各階層，受到各界人士讚譽的「送炭」活動，在台灣的鄉村、山地、外島、孤兒院、醫院、特別是泰國北部金三角的難民村中，匯聚成一股愛心的洪流，將神的愛流露無遺。

　　「看你們常常辦送炭活動，用大筆大筆的經費支援一些缺乏需要的地方，我們以為你們多有錢，沒想到你們自己的地方

卻是這麼破舊。」有些關心宇宙光、支持宇宙光的朋友來到小木屋時，常發出這樣的驚嘆。

隨著事工增加，宇宙光的小木屋越來越顯得壅塞難行，老舊的日式房屋裡老鼠和蟑螂橫行。有一次，一位同工打開抽屜，竟有一隻老鼠跳出來，嚇得那位同工那天不肯上班。

還有一次，為了趕沖洗「基督教與中國」歷史圖片展的照片，我們把僅有的洗手間改為暗房，自己沖洗放大照片以節省開支。同工要上廁所，須等休息時間排隊進行，否則就要橫跨新生南路，借用今日金華國中的廁所。再加上一下雨就漏水，連續幾次大雨造成淹水，多年蒐集的資料和圖片都泡湯了，使我們損失慘重；還有好幾次幾乎失火的威脅，令我們心驚膽戰。

「我們雖然沒錢，我們的爸爸不窮」

「主啊，求你賜下一棟宇宙光大樓！」當年我們剛搬入小木屋時，擔任我們管理委員會召集人的韓時俊長老（韓偉的父親），就發出了這樣的禱告。當下我心想：會不會太貪心了？小木屋比地下室大多了，已經很感恩了。當時覺得這是不可能的夢，甚至不敢大聲的說「阿們」。

那次以後，韓長老每週抽一天來參加我們的晨禱，給我們鼓勵，每次都禱告「求主給我們更多的空間，讓我們可以服事

祢！」老人家的信心對我們有很大的建造。1982年小木屋的屋頂大樑因為白蟻蛀蝕而斷裂，管理委員會在1984年決定向外募款購買新辦公廳舍。

當時位於新生南路與和平東路口的靈糧堂，正要改建為樓高十二層的靈糧宣教大樓，周神助牧師詢問我，是否有意願買下其中的八樓作為宇宙光的新家。想是想，但是當我聽到1600萬元這個天文數字時，我猶豫了。

幾經禱告，不敢輕易下決定，直到我看到同工們交來無記名認獻單，我知道同工們已將僅有的五餅二魚獻在上帝的手中，我確信五餅二魚的神蹟又將重現，於是決定積極進行建社計畫。

當時擔任宇宙光管理委員的陽明醫學院院長韓偉弟兄，在病中率先捐款：

「不要怕，我們雖然沒錢，我們的爸爸不窮。」我們去加護病房探望他時，他握緊我的手，憑信心捐出辦公室一坪造價73,000元，並錄音呼籲教會各界踴躍捐獻。

許多知道這個故事的人陸續響應，有五十多人參加了一人一坪運動。那段時間，有很多令人感動的捐獻故事在我們身邊發生，激勵著我們，在此略述一二：

＊　＊　＊

有一次，我到台南一所長老教會分享宇宙光建社需要籌募

資金。那天分享完以後，一位從中國大陸東北來台的單身退休老牧師，拍拍我的肩膀，把我帶到他所住的教會二樓小小的房間中，危危顫顫的從床底下拖出一口大木箱。打開木箱，一層一層的往下翻，好不容易在箱子底層角落中拿出一個布包，遞到我手中。

「你拿去，」在有點幽暗的燈光下，我看到他嘴角浮起的微笑：「拿去給宇宙光使用。」

我慢慢的打開一層一層緊緊包裹的布，最內層包著的是一條黃金！那是我第一次見到金條。我不知道這金條陪著老牧師跑過多少千山萬水，我也不知道這金條是什麼時候、什麼人交到老牧師手中的，我更不敢詢問這金條跟老牧師之間的關係……。最後，我只是笨拙的問他：「請問，收據要怎麼開？」

「主知道！」他的口音仍然是那麼東北，聽起來有些蒼老：「主知道就好了！」

四十多年了，宇宙光走過了許許多多的艱困和不能，而老牧師的東北口音總在我耳畔心中迴響：

「主知道！主知道就好了！」

我想，有老牧師這一句話，就夠了！

＊　＊　＊

郝牧師是一位退伍軍人，我們在高雄的聚會結束後，他特

別邀請我們到他家。那天下午是一個令人難忘的下午，從郝牧師的口中，讓我們重溫了一次他們那一代所遭遇到的離亂；少小離家，再也沒見過親愛的爸媽；故鄉越來越遙遠，一直隨著部隊各處飄流，最後終於病倒在台灣南部的鄉村，有位台灣老太太照顧他，並向他傳福音，自此他生命中有了神，也有了一位愛他的乾娘。一轉瞬，少年的歲月已不知怎的忽然從他的身上消失殆盡；驀然回首，竟然已快度盡一甲子人生歲月。談著這些對這一代年輕人已顯淒迷的往事，郝牧師忽然站起身來打開箱子，萬分珍惜的拿出一個青花古瓷碗，遞到我的手中：

「這是乾娘遺留給我的傳家寶，」他對我們說，聲音顯得好遙遠：「幾十年來我一直把它帶在身邊，睹物思人，紀念親恩⋯⋯」

我幾乎不敢再聽下去了，呆呆的看著手中的古瓷碗，青花的紋路細緻精巧，瓷薄而透明，拿在手中，我竟然覺得承受不起。

「我是一個牧師，一點錢也沒有，」他對我說：「如今我決定把瓷碗捐獻出來，請你們拿去，為著宇宙光的建社拋磚引玉。」

* * *

此外，還有許許多多來自世界各地信徒的小額捐款，終將所有款項順利付清。1986年9月6日十三週年社慶時，我們正式

遷入佔地二百多坪的新家；1988年更買下靈糧宣教大樓九樓，在1998年9月，擴大改組成立「財團法人基督教宇宙光全人關懷機構」，全面朝全人關懷邁進。（更多動人的故事，請參閱宇宙光出版的《一個說不完的故事：五餅二魚神蹟的現代版》）

隨著遷入新社址，宇宙光的事奉邁入新的階段：1988年，宇宙光開始製作廣播節目，更透過廣播將福音傳遞到海峽對岸；1989年，延續在宇宙光成立前我與曉風及藝文界人士所組織的「藝術團契」的資源，宇宙光成立了「愛心佈道團」，透過話劇、魔術、相聲等各式節目向觀眾傳福音，足跡遍及台灣各地教會、學校與監獄，活潑有趣的演出，深受各界人士喜愛。

之後，我們還成立了音樂團隊，原本在送炭活動中的一個合唱節目，因人才的積聚，1996年擴充為獨立事工，成立「宇宙光百人大合唱」，團員有兩百多人，每年推出練唱新曲，定期公開巡演，並在大型演奏廳、國家音樂廳售票演出，「歌以載道」宣揚基督真理，一直廣獲好評。

在2004年，因為宇宙光與福州大學舉辦交流活動，重整成立「愛心合唱團」，與百人合唱團的規模不同，以小規模的合唱團，小至10人，大至4、50人左右，可以受邀到各項活動演出。2014年又成立「師曠知音雅集國樂團」，在藝術總監林昱廷教授及副指揮林心蘋的熱忱率領、悉心付出下，希望能夠以中國人自己的音樂來敬拜上帝，除了受邀舉辦演奏外，也會與

愛心合唱團配搭演出。

我從小就喜歡唱歌，年少時在學校音樂會獲選唱二重唱，進入教會後參加詩班獻詩，幾乎沒有離開過詩班，直到現在我還在參加愛心合唱團演唱。

藉由音樂，我們與中國大陸「以歌會友」，拓展與中國大陸方面的交流。2006年，愛心合唱團就曾到天津及北京，與當地的兩個合唱團體聯合演出「華人之聲」音樂會，規模浩大。透過藝術音樂、交流學術文化教育等層面，宇宙光在中國大陸建立了不少彼此信任、相互連接的良好關係。

凡我所行　皆為福音

我們在小木屋奮鬥了10年，逐漸形成今日宇宙光的規模，宇宙光的事工從無到有，逐步擴充，全人宣教、全人事奉的理念與落實，也漸漸成為世界各地一些基督徒的生命目標。

如今，《宇宙光》雜誌從一本32頁、黑白印刷的雙月刊，到厚達百頁、彩色印刷的月刊，五百九十多期未曾脫期缺頁，對於總是財務困難甚至「發不出薪水」的宇宙光來說，根本「不可能」。但是上帝不僅給人異象，祂更陪伴人領受並實踐異象，我們一直在不可能中蒙上帝恩待，在缺乏中經歷上帝的供應。

我們大膽的從文字出版、音樂藝術、戲劇舞台、歷史文

1	4
2	5
3	

1 《宇宙光》雜誌試讀本（左）及創刊號（右）。

2 藝術團契演出《嚴子與妻》。

3 藝術團契巡迴演出。

4 早期寄發雜誌，全體總動員。

5 舉辦電影欣賞座談會。

6	8
7	9
	10

6　小木屋全景。

7　小木屋逢雨就淹水，造成大批資料毀損，損失慘重。

8　「基督教與中國」圖片在中山堂展出。

9　「約會的藝術」座談會。

10　擁擠的辦公空間（1981年）。

11	13
12	14
	15

11 韓時俊長老（左）為了宇宙光有
　　新大樓，向上帝禱告呼求。

12 「哭泣的杜鵑窩」座談會。

13 關懷青少年工作站。

14 愛心佈道團至馬來西亞佈道。

15 921震後心靈重建講座。

愛心佈道團的相聲演出,深受各界喜愛。

宇宙光百人大合唱在國家音樂廳演出。

16 演出《二桃殺三士》福音劇，我擔任導演（右二）。

17 國土消失座談會。

18 全人教育座談會。

愛唱歌的我，曾經舉辦過演唱會呢！　　　該諧逗趣的我，博君一笑。

師曠知音雅集國樂團演出。

化、輔導關懷、社會變遷、慈善救援等各個不同敏感的層面，細密觀察、愛心投入，累積吸收了不少上帝同在賜予的親身經歷與恩典。

回想宇宙光創辦初期，我們什麼都沒有。只學會了一門功課，虔誠小心求問上帝：「主啊！在這個世代，祢要我們做什麼？祢知道這些事工都不是我們熟練的工作！祢既然呼召我們成為祢的工作，我們就學習順服祢，求祢照祢的應許，成就一切吧！」

這五十年來，我們就是秉持這個原則，來到上帝面前，面對上帝要我們做，而我們不會做、不敢做的挑戰，我們就求告上帝，把有這種恩賜、會做這些事的人差來與我們同工，或求上帝賜給我們智慧。讓我們也學會一個功課，知道宇宙光既然是上帝的工作，那麼一切缺乏不足，上帝自會承擔負責。

上帝不會因經費不足，縮減事奉的工作成效。工作的主是上帝，我們是祂的僕人，我們共同學習回到主前，求問主，該進該退，無論如何，都求主的恩典在我們的事奉中，照常顯大。

感謝主！在如飛而去的五十年歲月中，宇宙光一路走來，蒙上帝平安帶領，一件一件上帝託付呼召我們做的工作，都在困難重重中，突破一切不可能，奇妙的逐一完成了。

作為一個親眼目睹、親身經驗的人，還有誰比我們更有福呢？

> 弟兄們哪，可見你們蒙召的，按著肉體有智慧的不多，有能
> 力的不多，有尊貴的也不多。神卻揀選了世上愚拙的，叫有
> 智慧的羞愧；又揀選了世上軟弱的，叫那強壯的羞愧。神也
> 揀選了世上卑賤的，被人厭惡的，以及那無有的，為要廢
> 掉那有的。使一切有血氣的，在神面前一個也不能自誇。
>
> （哥林多前書一：26-29）

　　走過宇宙光蒙恩五十年，越來越能體會了解保羅講這些話的意義。服事是一個越來越認識自己、越來越認識上帝的過程。保羅如此，在宇宙光的服事也是如此；過去是如此，將來也如此。

　　上帝的計畫安定在天，沒有轉動的影兒；祂的能力高過諸天，無可比擬。祂用地上的塵土，按照祂自己的形像與樣式，創造了我們，成為一個有靈的活人。只可惜創世以來，人就背叛了神，成為一個離家出走的浪子，失去了兒子的榮耀身分與地位。

　　從創世記一開始，上帝就四處奔走、殷殷呼喚：「你在哪裡？你在哪裡？」整本聖經的主題也在描述這位充滿愛心的阿爸天父，如何舖張設計，尋找等候離家的浪子早日歸來，恢復兒子的榮耀身分，重享上帝奇妙超越的能力。

　　我們何其有幸，成為上帝計畫中所揀選預定中的一位，祂

又把尋找拯救同為失喪浪子的神聖使命交付給我們。祂呼召我們：「你們給他們吃吧！」

因此宇宙光事奉的終極目標，就是在這個「人不見了」（dehumanization）的後現代主義時期，把人找回來，讓我們「一個人陪伴另一個人，使兩個人越來越是人，活出豐盛的生命。」

一個人碰到另外一個人，這兩個人原來是不一樣的，所以必須去陪伴他。但陪伴要有目標，就是讓他越來越是「人」，然後讓兩個人往前走；不僅是你陪伴的人成為基督徒，你也會對於生命意義有更多認識。因為兩個人是不相同的，你從這個面向認識神、我從另一個層面去認識神，都是認識神，透過一個人陪伴另一個人，兩個人都會越來越好、更加認識神，活出豐盛的生命。

> 凡我所行的，都是為福音的緣故，為要與人同得這福音的好處。（哥林多前書九：23）

是的，凡我所行，皆為福音；與人同得，福音好處！這就是我們在宇宙光過去五十年所做的工作。上帝給我們的恩典真是何等大啊！

全人理念　奔走呼籲圓滿人生

　　回顧我一生的事奉，「全人」理念毫無疑問是從頭到尾一路引領在前的關鍵。

　　我這麼說，並不意味我在人生旅程啟動之前，就已經清清楚楚認定「全人」目標，然後設定計畫，一步一步、按部就班的朝向全人邁進。反過來，在我嘗試邁出人生腳步之前，對於前途道路計畫，實在一無所知。但也幸虧如此，才敢貿然邁步，一步一腳印的走了出來。

成長經驗與全人理念的形成

　　前面提到，我在少年時期經歷過一段失落掙扎的痛苦。成長在一個南部說四川話的軍人眷村，小學畢業前交往的朋友幾乎全是所謂外省掛眷村子弟。進入中學後，因為語言文化、風俗習慣的差異，引起了很嚴重的適應問題。違規翹課、滋事打

架、叛逆爭鬥，成為生活中的常規，我陷溺其中，痛苦掙扎。

正如保羅所說「立志為善由得我，只是行出來由不得我。」（羅馬書七：18）欲善，不能達；拒惡，不能止。生命尊嚴，喪失殆盡，生不如死。

在這種背景下，我於1954年進入教會，在此之前，對於教義教理，了解有限，但覺身心俱疲，被罪綑綁，失去自由。有如溺水之人，亟需救生繩索，拖救出險。我就是在這麼簡單迫切的需求下，接受了基督耶穌作我的救主，成為一個接待祂、信祂名的人，從而享有作上帝兒女的權柄（約翰福音一：12）。

進入大學後，我一方面在教會團契中學習服事，也開始在一些學生團契中協助輔導工作。1964年我結婚以後，和曉風共同投入教會青少年輔導以及學校福音工作，也開放家庭讓學生到我們家來聚會。五、六十年過去，當年這一批年輕人早已分居世界各地，但我們彼此的親密信任關係，卻仍然絲絲相扣，未曾斷離。

由於自己在初中時曾飽嚐失落掙扎的痛苦，也走過一段受幫助改變的歷程，於是就這樣不知不覺、歡歡喜喜的一步一步走進學習助人的路上。

1966年研究所畢業後，我懷抱著一顆宣教的心，進入中原，成為大學老師。那時的台灣正在現代化狂潮衝擊之下，一切要求理性經驗，追求的是看得見、摸得著、想得通的物質層

面的東西。逐漸形成一個單面向唯物物化的世界，終於導致「人不見了」的後現代悲劇。

社會問題日益嚴重，兩性關係錯亂、家庭破裂、青少年吸毒犯罪、生命意義淪喪、環境生態慘遭破壞。在這種情形下，有識之士大聲呼籲：「我們的文化社會有病了！我們的教育宗旨與目標徹底的錯了」，於是教育改革、輔導關懷等工作蓬勃展開，我在這一片風起雲湧的浪潮中，躬逢其盛，逐漸形成了全人理念，並在教育崗位及關懷輔導工作上，一步一步落實實踐。

大約是在1971年，路加福音二章52節深深的觸動了我的思緒，耶穌12歲時就活出「智慧和身量，並神與人喜愛祂的心，都一齊增長」的豐盛生命。而傳統中國人所追求的不正是「天、人、物、我」美滿圓融的生命境界嗎？

於是我畫出了「天、人、物、我」圓融美滿的生命示意圖，並首次在「張老師」義工培訓班正式提出。這個圓圈代表的正是中國人追求的圓融美滿。天、人、物、我四個面向必須均衡發展、相通連接，才能夠畫出一個圓來。這個觀念後來在中原及宇宙光各項事工中，逐步醞釀發展，終於形成了「全人」理念。

面對後現代「單面向人」的文化社會現象，我提出的「全人」理念，提供了一個完全不同的全新方向，逐漸被教育、學術、關懷輔導及教會宣教工作設定為努力奔赴的終極目標，這

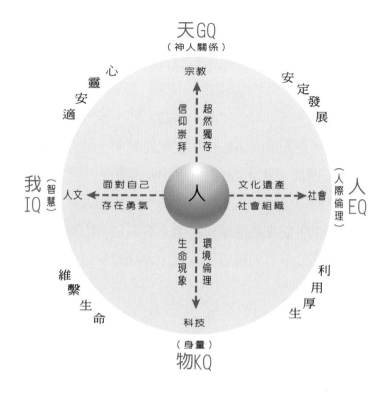

更是我始料未及的一件大事。

　　全人理念可以概括形成四大部分：全人生命成長、全人教育、全人關懷輔導、全人宣教。有關全人教育部分，是我在中原任教的主要工作，而全人教育或全人關懷輔導，也就包含在全人宣教之內。

　　我在1966年成為一位陪伴學生、從事「傳道、授業、解惑」的教育工作者；並於1973年開始，以義工身分參與宇宙光「探索生命意義，分享生命經驗」的福音宣教——我稱之為

「找人」的工作。在上個世紀七〇年代、八〇年代，台灣、香港推行通識教育，中國提倡素質教育的浪潮中，我有幸能參與其中。

我在兩岸三地，奔走呼籲，浸潤其間，逐步研擬，提出全人生命理念，在如飛而去的半個世紀時光中，透過文字出版、音樂藝術、歷史文化、教育思想、輔導關懷、兒少弱勢、反毒防毒等不同事工，深入各個不同的領域，從人與人接觸相交的實務經驗中，越來越清楚了解全人豐盛生命的意義與方向。一路走來，充分享有向著標竿直跑、奔向終極目標的確據與把握。

全人理念的堅持

談人性必先確認肯定「人是什麼」這一前提，然後依據前提目標，研擬設計達成前提目標的方法步驟，逐步完成。可惜當代文化前提目標是一個「去人化的過程」，前提既錯，根據錯誤前提，推論執行，連人都不見了，奢談人性追求。

全人理念堅持，每個人，只要是人，都具有天（GQ）、人（EQ）、物（KQ）、我（IQ）四個面向，這四個面向分佈在一個圓的上下左右四個方向，缺一不可，各自具有不可取代的意義與價值，卻又相通互補，故只能以虛線表達其相互關係。

全人（holistic）一辭，源自希臘，意謂：「把看得見的部

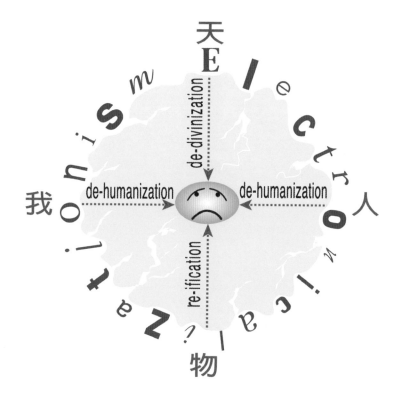

分（parts），加上看不見但卻確實存在的什麼（what）一起思考。」可惜現代人只活在看得見、摸得著、想得通的唯物驗證實證科學主義中，這種極端的單面向思考方式，只會使人四Q盡失，越來越不是人，遑論全人追尋，人性建立。

　　全人生命理念固然強調全人具有不可分割的四個面向，但四個面向卻彼此相輔相成，緊緊連結在一起，奇妙豐盛，無法以感覺經驗描述清楚。生命奧祕，原本如此。生命中永恆價值的豐盛，早已藏妥，等待我們前往享受分享。

　　數十年來，我在教育輔導及宣教事奉工作中所經歷體會的
全人理念——天、人、物、我四個面向的意義與內容，簡介如
下：（關於全人理念的詳盡內容，請參閱附錄）

GQ（God Quotient）上帝的商數

GQ 包含以下幾個要素：

1. 上帝是超然獨存、先於一切萬物、先於人而存在的；

2. 因此人無法找到上帝，人用經驗理性找到的上帝，比較

像人，也許可以看得見、摸得著、想得通，但決不是上帝；

3. 人會尋找上帝，是因為上帝在創造人之時，就主動把祂的形像與樣式放在人的裡面，使人成為一個「有靈的活人」；

4. 以人的有限既然無法找到上帝，於是上帝道成肉身，來到世間，啟示、尋找、拯救。使人從罪惡沉淪中悔改獲救，恢復榮耀的身分，成為一個新造的人，見證上帝的豐富，活出上帝的榮耀。

一個擁有GQ的人，是一個擁有尊貴身分與生命品質的人，他的人生因而被上帝提升，活出尊貴、活出意義、活出價值。

KQ（Knowledge Quotient）知多少？

科學越發達，教人越認識上帝創造的奇幻奧祕、莫測高深；信仰越深入，越能領人虛懷謙恭、敬拜上帝。

真正的KQ使人認識自己，認識自己所處的環境，認識自己在天、人、物、我四個面向間的關係與定位。一個真正擁有KQ的人，是一個對宇宙萬象充滿無限好奇、無限想像力的人。真正的KQ是敏銳的觀察力加豐富的想像力加嚴密的邏輯分析而形成的。

可惜今天所謂的KQ，只剩下那些看得見、摸得著、想得通的物質經驗部分，只見樹木不見森林。今天的世界充滿了這種偏差錯誤的KQ，錯把看得見的物質世界，當作終極永恆真

理，追求客體外在，抑制消滅內在感動、心靈呼喚，促使活在唯物驗證單面向潮流中的現代人，迷失生命方向與人生目標，活得越來越不像一個人，就是所謂「去人化」。

IQ（I Quotient）新解

從全人教育的角度來看，我認為IQ中的「I」就是英文字母大寫的「I」。我一直主張IQ是一種面對自我、接納自我的勇氣，也就是一個人坦然「是」自己的智慧。所以，我更喜歡說IQ是「I quotient」。

要找到IQ，必須先找到自己與上帝之間的關係，聖經箴言九章10節說：「敬畏耶和華是智慧的開端；認識至聖者便是聰明。」

一個認識自己與上帝關係的人，也是一個追根究柢認識生命源頭、終極意義的人。

一個有IQ的人是一個敬畏上帝、熱愛生命、接納自己、愛人惜物的人，只有這樣的人，才是一個擁有真正IQ的人，才是一個真正的人，也只有這種人才是個真正擁有智慧的人。

一個人所具有的獨特本質中，有著一種他所獨具的特質，是不可取代替換的。人生在世，必須找到自己之所是，並且盡量完成自己之所是，IQ的意義即是在此。

EQ（Emotional Quotient）的內涵：人碰到了人

EQ只是一種處理情緒的技巧嗎？只是一種處理人際關係

的方法嗎？有人說EQ太重要了，EQ是一個人在人際關係、職場競爭中，打敗對手、贏得成功的關鍵因素。EQ真的只是如此嗎？EQ到底是什麼？

EQ是一種「人碰到了人」的經驗與悸動：是一種典型的「我-你」（I-Thou）關係，這種關係是一種生命與生命相碰觸的原級關係（primary relation）；我與我、我與你直接相遇，沒有任何其他中間物的阻隔。

真正的EQ是出於對任何生命的尊重、對人生的熱愛；真正的EQ不是出擊攻打，而是愛心呵護；真正的EQ是一種永不疲倦的愛、永不放棄的盼望、永不改變的信心。

EQ的基點、EQ的目的必須是人。沒有人的EQ將會使人與人之間的明爭暗鬥更為慘烈兇狠。這些前提式的根本問題必須先予確立，談EQ才有意義。

而一個全人是一個擁有GQ、KQ、IQ、EQ四Q均衡、一齊增長的豐盛生命的人。

一生的事奉都是為「全人」 追求生命的圓

在我們童年的那個時代，常常看到一群孩子在郊外或校園或居家附近，興高采烈玩著滾鐵環的遊戲。

在那個沒有什麼玩具的時代，學著自己動手，用小小的手把粗粗的鐵絲變成一個又一個圓環，然後推著鐵環呼嘯奔騰而

過，用自己的身體追逐鐵環而得到的速度快感，一直是我們生命中的甜美記憶。

圓一直是人類追尋的目標。在藝術家的筆下，圓一直是他們描繪創作的主體。圓早已深入人們生命及生活中各個不同部分。如果有一天圓忽然消失了，這個世界會變成什麼樣子？

在中國的俗諺成語中，充滿了圓滿、團圓、圓通、圓融、字正腔圓、聲音圓潤、花好月圓、圓夢等等與圓有關的辭語，代表中國人對一切美好事物的追尋。我們追求圓滿，我們夢想團圓；我們作人必須圓通，辦事力求圓融；講話要字正腔圓，聲音要圓潤柔和；花好月圓是我們圓夢的目標。我們在各個層面正在全心全力追求一個圓。

然而，這一份對圓的渴慕追尋，卻在後現代文化社會狂猛而快速的腳步踐踏下，化為泡影，消失不見。現代人失去了圓；不知道何為圓融美滿；現代人的自我中心破壞了圓的均衡，只知活在物質世界與肉體情慾中，稜角畢露，成為一個當代不折不扣的單面向人，全心物化、追求物質，卻不知生命是一個圓。

現代人的生命是一條直線衝向「單面向物化」的人生，真實的豐盛生命當然不僅如此。從生命的核心奔騰發射而出的四種關係面向，猶如從圓心奔向周邊的圓之半徑，天人物我這四種關係，只有從中心到周邊每一點的距離都相等，才能畫出一個圓。

1973年9月，《宇宙光》就是在這樣的文化氛圍、社會背景中應運而生。當時我們提出的口號是「探索生命意義，分享生命經驗」，在現代與後現代交會發展的那個年代，失落的呼聲早已瀰漫，對未來的震驚帶來一片茫然未知的焦慮。圓在哪裡？我們追求的圓融美滿、幸福快樂在哪裡？

　　於是《宇宙光》從「天、人、物、我」四個面向追求「人與自我IQ」、「人與人EQ」、「人與物KQ」、「人與上帝GQ」四個面向的均衡和諧發展。

　　在過去五十年如飛而去的歲月中，宇宙光的工作從一本雜誌出發，環繞全人的理念，逐步進入歷史文化、輔導關懷、音樂藝術、學術教育等不同領域，共同體認、協力追求，成為以人為中心、輻射四散、及於圓周所畫出的一個圓。

　　如今回顧往事，才發現我所參與所有的服事工作，起步時總是糊裡糊塗，但覺前路茫茫、不知何去何從，更不知終點何在。

　　就像亞伯拉罕蒙召離開本地本家時一樣，不知要往何處，但一步一步憑信心走了下去之後，及至老年回頭一看，卻清清楚楚看到每個人生的轉換點上，都有上帝親手親為的帶領指引。

　　回顧以往，全人理念架構下的宣教工作，無疑是我人生成長歷程的主軸。然而這決不是我刻意計畫予以完成的工作。在過去五十多年中，全人理念逐漸成形，並且逐步落實在我的生

命歷程中。

　　現在回想起來，在如飛而去的幾十年歲月中，我從歷史文化社會的關懷，到基督教與華人歷史文化，以及在這一連串歷史文化社會轉變中所看到中國現代化，與世界文化歷程中產生的一些問題，人不見了，人活得越來越不像人了。誠如聖經所說人失喪了，需要耶穌的尋找拯救，活出神在創世之初賦予人的豐盛榮耀、享有自由尊嚴的全人形像與樣式，也就是全人理念的追尋與完成。

　　這些思想歷程的轉變，都是上帝一路的安排與引領，而我只是在每一個生命的轉捩點上，學習聽從跟隨上帝的引領呼召，也不知道怎麼搞的，事就這樣成了。如今回顧過去走過的每一步路，心中充滿感恩。

全人教育 從中原輻射兩岸三地

　　我在中原執教生涯的一項重大工作，從參與訂定教育宗旨及教育理念、呼籲實施以全人關懷為基礎的通識教育，到推動全人教育村落成，就是在全心全意專注推廣全人理念。

　　從上個世紀五、六〇年代存在主義風行全球，就聽見「我們是失落的一代」（We are the lost generation！）的呼聲四起；到了七〇年代開始進入所謂的後現代以後，更是沒有絕對、沒有真理、沒有上帝，連人都不見了。

　　現代化的社會看來教育十分普及，可是現代人在世俗化的衝擊影響之下，已經失去了終極目標與意義的追尋，也不知道教育的終極意義和目標何在，完全失去教育的真正功效。

　　現代的教育，只重現世經驗，傳授教導的也只是所謂立即可用的技術。「有用的」價值觀，成為決定教育內涵的最高原則。

　　學校不知不覺變成一個工廠，面對當代所謂「去人化」的

文化社會的需要，把學生當作滿足這些需要的技術產品。社會文化好像一部龐大而複雜的機器，學校訓練出來的「人才」，正可滿足這部大機器的需要，成為其中一個「有用的零件」，或「一顆螺絲釘」。至於「人是什麼？人性何在？」這個問題，現代的教育是不屑過問，也不想過問的。

　　一些關心研究人類文化歷史、社會變遷的學者專家指出，現代人只活在單面向的「我-它」（I-it）關係中，人不再是人，人在不知不覺中，竟然變成一件一件的「東西」了。而在制式的教育過程中，正一成不變的把學生製作成標準化的、有用的生產工具。

　　回想起來，那個年代正是我走過青春、迎接成長的關鍵時期，每天都活在失落的呼喊與存在意義的追尋中，但其答案卻始終在虛無飄渺之間，苦尋不獲。

　　台灣自上個世紀六〇年代開始，鼓吹現代化，到了七〇年代已經發展得不錯，但也開始產生了一些問題。到了七〇年代中期，有人焦慮的指出「台灣的教育只重視專業技術。但是人的發展卻沒有了，技術越發達，財富越累積，人心內在的問題就越來越多，社會問題也越來越多。」

　　到了八〇年代，台大虞兆中校長率先提出「通識教育」觀念來加強改革台灣的教育，希望藉著通識教育的推廣，活出一個人該有的生命形象。於是台灣從八〇年代初普遍展開通識教育運動。一時之間，通識教育成為華人教育群體中非常重要的

一環。到了八、九〇年代，因為現代化的衝擊，形成了後現代學者所描述的單面向、去人化現象，教育課程與內容的改革就更顯重要。

當時我在中原任教，由於中原是理工學院，人文教育相當欠缺，卻又感覺到這個浪潮越來越強烈。中原大學是由宣教士及中國基督徒熱心參與、努力發起推動，促成創辦而成立。因此這種宣教士不畏艱難、看重靈魂價值的基督精神，在中原傳統中一直綿延不絕。

以全人教育為目標　中原大學與眾不同

我是在謝明山博士擔任院長時進入中原任教，謝院長是倫敦大學的化工博士，並在教會擔任長老，為人有如和煦春風，慈祥和藹，以基督之愛心寬厚待人；其後韓偉擔任院長，提出宣教教師的呼籲，以「不僅是教師，也是傳講『祂就是道路、真理、生命』的那一位」的理念，號召有心為上帝奉獻的基督徒學者專家，返回中原擔任教職。

中原大學在謝明山和韓偉及歷任校長累積了很多中原的資產與精神，我都參與其中。到了尹士豪校長任內，覺得應該加以落實，成為一個共識，於是組成「教育宗旨及教育理念制定小組」，由時任教務長的王晃三教授擔任召集人，我也獲邀成為起草小組的成員之一。

當時宇宙光成立已有一段時間，宇宙光那時候已經開始在試圖回答「生命究竟是什麼？」等大哉問，提出「探索生命意義，分享生命經驗」作為我們事奉奔向的標竿。要怎麼分享，才能夠彼此相互尊重、溝通和接納，而不會給別人壓力？於是我分享一些想法，歷任校長如阮大年、尹士豪、張光正等，雖然是理工科背景，可是對於這些生命中看似微小之處，非常重視，也很感興趣的接受。

　　訂定教育宗旨及教育理念在當時大專院校中，可說是一項創舉。尹士豪校長任內，他有些事會來找我討論，譬如擔任校長時的就任演講，或是對新生的第一次演講，他希望不僅是一個官方演講，而是可以碰觸到學生生命的根本問題。類似問題他都慎重思考、多方徵詢意見。

　　制定小組先蒐集資料，發函給世界各國知名的大學院校，了解國外各知名院校在這方面的經驗；另一方面，小組也在學校舉辦座談會，邀請師生一起腦力激盪，並寫信請校友提供意見。之後開始起草、進行討論，歷時兩三年，歷經反覆討論，最後再請作家張曉風協助文字潤飾，才成為今天看到的中原大學教育宗旨與教育理念，1988年由尹校長簽署頒布正式施行。

　　教育宗旨是總綱，說明中原的辦學根基與使命，再從七個面向說明中原的教育理念，這成為中原一切教學行政工作的準則。教育宗旨提到中原大學的創辦，是本著「基督愛世之忱，以信、望、愛，致力於中國之高等教育，旨在追求真知力行，

以傳承文化，服務人類」，而教育理念第一項就強調「我們尊重自然與人性的尊嚴，尋求天人物我間的和諧，以智慧慎用科技與人文的專業知識，造福人群」。

尹士豪校長時期奠定了中原全人教育的基礎，之後在張光正校長時期發揮最大的功效。張光正就任新校長後，根據這份教育宗旨與教育理念，成為治校的基本原則，並在任內發展通識教育與全人教育，成為中原引以為傲的特色。

通識教育是十九世紀的歐美教育家所倡議，因為看到近代教育越來越專業化後，學習者知識窄化，只追求眼前所見、摸得著、想得通的東西，如後現代主義學者所云「人不見了！」而中原所推動的全人教育追求的，就是希望透過跨學科的課程，讓各領域學生能夠相互理解與知識交流，最終要讓學生在各方面得以完全發展，成為「完整的人」。通識教育後來成為美國各頂尖大學的重點課程；在台灣，1984年教育部規定大學生必須修習通識課程，在大學課程自主後，各大學也開始規畫自己的通識課程。

中原發展通識教育，早期沒有正式共同科編制，教文史課程的老師，幾乎都是兼任，連辦公空間都沒有。直到張光正校長時期，才正式成立共同科。在張校長的安排下，讓我出任共同科的主任。後來先成立通識教育中心，然後成立人文社會教育中心，最後發展為人文與教育學院，整個過程我都負責進行。

初推展時，人文與教育學院剛要形成，需要得到認同，尤

尹士豪校長任內，訂定了中原大學的
教育宗旨與教育理念。

張光正校長任內，發展全人教育，成
為中原特色。

與中原大學的教職員夥伴合影，前排右四是我。

其是在理工背景的中原大學，成立一個人文教育的單位並不容易，要各系所能認同人文學科是很難的。要把通識學分訂出來，讓他們承認必須修多少學分才能畢業，必須想辦法說服其他院長、系主任，說明通識教育、人文素養的意義、價值在哪裡，這是一個長期的、觀念的戰爭。

為了要讓其他科系的教師們能認同人文教育的理念，我們根據學校的教育宗旨與理念，幫各學院量身訂製屬於他們自己的全人教育目標，然後委託宇宙光設計成廣告，刊登在《讀者文摘》上，不僅成為各學院對外介紹自己的利器，也幫助社會各界更了解中原全人教育的內涵。這些文宣還在《讀者文摘》支持下，印成精美小冊廣為推廣發送。

譬如其中一次內容是「圍牆與樹」的故事。內容是說校方在興建圍牆時，遇到原設計路線上有一棵樹擋道，學校並非將樹砍掉，而是讓圍牆繞過樹木而行，這表現出學校尊重生命的全人教育目標。

通識教育是教育過程的一種方法，全人教育才是教育的終極目標。我利用在1972年提出的「天人物我」概念加以擴充，也就是以人為中心所延伸出的四種關係，按這四個領域分類規畫通識課程。透過四個面向的均衡發展，達成專業與通識、學養與人格、個體與群體以及身心靈之平衡。

藉藝術戲劇推展通識及全人教育　成為特色

　　開始推展全人化通識教育時，我覺得要用軟性方式來增加師生的認同，對外也可以形塑中原的良好形象，吸引高中畢業生來報考。於是藉著在宇宙光從事藝術人文活動的人脈網絡，連繫許多藝術團體，用多采多姿的全人豐盛生命活動來吸引學生，包括京劇、歌仔戲、本土藝術或世界有名的藝術團體的表演、作家講座或藝術講座，這些都不是當時一般大學可以辦得到的。

　　張校長本人對音樂非常感興趣，為了讓學校的主管們也能夠支持，我特別安排他們來到表演場所致詞，致完詞「順便留下」繼續欣賞。主管們覺得還蠻好聽的，於是給予支持。當時曾邀請復興劇校的劇團來表演，知名平劇演員吳興國也來表演過。我扮演的是協調角色，將這些活動包裝成藝術，為中原做出一種別具特色的文宣。

　　記得有一次舉辦「名家與名琴演奏會」，邀請小提琴家蘇顯達來表演，他特別跟奇美博物館的許文龍借了一台名琴。結果那天前來觀賞的人稀稀落落，演奏會結束後我不敢到後台去，覺得很對不起演奏家，就站在舞台前猶豫不決。這時有個學生跑過來對我說：「林老師，你千萬不能洩氣啊，如果你洩氣了，我們以後就聽不到這樣的音樂會了！」

　　「有你這句話，我們會繼續辦下去！」聽學生這麼說，我

感到很安慰，決定繼續辦下去。接著立刻轉身到後台，將這段對話轉述給演奏家聽，我還特別跟他說明了辦活動的想法：

「辦通識教育，就是要求讓人碰到了人的需要。人碰到了人，就是我們對教育的解釋。如果教育只是在學習一些技術、一些方法，而不是碰到了人，教育就失去了意義，我們是以這樣的精神在辦活動。」他聽後覺得很感動，謝謝我告訴他，他也覺得很有意思。

憑藉著這種以人為本的精神，中原的通識課程不但成為學校特色之一，更曾經獲得教育部通識教育評鑑第一名。記得有一次評審委員來校評鑑，看到我們的辦公室只是在樓梯下的一個狹小空間，起立坐下一不小心還會碰到頭，課程內容卻豐富多元，通識活動更是精采動人，一位評審委員在座談會中發表感想，說中原大學的通識教育是在最小、最不可能的空間中，產生了最大的能量。

聽他這麼一說，我心中的忐忑不安頓時消失，結果那年度的通識教育評鑑，中原獲得評審委員一致好評讚揚。

中原在設備不足的環境裡，做出能夠碰到人、讓人感動的事情，那就是最高的意義和價值。人的價值大於一切，環境好當然更好，環境不好，我們還是可以把人的精神展現出來！

在中原，我們一直堅持這個原則，且持續這樣做。有一年我在國立中央大學參加一項活動，我向參與的教授學者分享中原通識活動，中大有幾位教授覺得不可思議，直呼「怎麼可能

辦得到？」那天晚上正好在中原舉辦一場詩詞朗誦會，我邀請教授們來聆賞，教授們的反應是：現在哪有學生有興趣來聽詩詞朗誦？結果他們來到現場，發現座無虛席，非常感動。

老師要能提升學生，不能只討好學生、遷就學生，必須站在一個高度上讓學生能夠提升，或者下去把他帶上來，而不是下去跟他一起沉淪。回想我一生就是堅持這樣的生命理念，才能跨越勞累不足，一步一步充滿盼望的走到今天。

出任人文教育學院院長　建全人教育村　創宗教研究所

中原是以理工科系為主的學校，在「蜀中無大將，廖化作先鋒」的情況下，我竟然有機會先後出任共同科、通識中心、人文社會教育中心主任，以及人文與教育學院院長，在中原大學負責扛起推動人文與教育的主責大任，在歷任校長同仁支持協助下，使得中原以全人教育為目標的通識教育獨樹一格，成為中原大學的特色形象。

張光正校長是位敢負責任的校長，他放手信任我，在中原成立人文與教育學院時，任命我擔任院長。人文與教育學院創辦時，當時有人倡議要設立全人教育大樓、全人教育館，我主張要叫「全人教育村」。因為我們都是地球村的一員，「村」表示人跟人之間有緊密的結合，而不只是一個物質結構建成的一棟大樓，在這兒應該是一個人與人有親密關係的村，這是我

當時所堅持的。

另外，當時台灣的基督教，神學教育是以各宗派成立的神學院為主，是在高等教育體制之外，而在大學中，雖然輔仁大學有成立宗教學系，但是廣泛研究各宗教，而非專門研究基督教。

我希望在學校裡設立一間基督教研究所，專門研究基督教與華人文化互動及調和的議題，於是親自撰寫設所計畫申請書，向教育部提出申請。經過來回折衝後，結果以「宗教研究所」為名，以研究基督教與華人文化為主要目標，在1999年12月獲准成立，並由我兼任所長。

2003年我屆齡退休，在中原服務三十七年歲月畫下句點。2004年全人教育村的落成，無疑是拓展中原人文視野、推動全人教育的里程碑。退休後，有一段時間仍在學校兼課。

中原與宇宙光合作研討會　影響彼岸

當時為了推動通識教育，我常常到國內外各地參加不同的會議。有一年在香港中文大學召開亞太地區通識教育研討會，我跟張光正校長前往發表論文，主題是中原大學如何建立全人理念及其落實實施的經過。

結束後，圍著我們的幾乎都是中國大陸的老師，還有好幾位校長級的人物，他們對於我們在中原大學推動的全人教育，

在中原任教，推展全人化教育，讓人碰到人。

至中國大陸開展教育論壇（左一、二為居中奔波連繫的劉彥樞、廖美惠夫婦）。

反應熱烈，因為我們提到台灣在現代化歷程中所引發的各種問題，他們那邊也都一一出現。

相談甚歡之下，他們熱切邀約我到內地與他們分享，於是我便利用休假一年的機會，去了好幾次中國大陸，跑了很多學校，開展了在中國大陸多所學校的交流管道，也與一些內地的名校建立了良好的關係。把基督教與現代化的關係及全人的理念，與中國大陸重量級的學者，及青年學子相互切磋琢磨，影響深遠，獲益良多。

張光正校長當時任命我擔任人文與教育學院院長，也允許我繼續擔任宇宙光義工，他自己也投身成為宇宙光董事會董事，促成宇宙光與中原在全人活動及人力資源上接縫合作，使宇宙光及中原在全人理念的行動計畫中，步上相互合作的坦途，全人的聲音忽然從隱埋的地底脫困而出。1999年12月教育部提出「全人教育、溫馨校園、終身學習」作為二十一世紀的台灣教育願景；教育部長更宣佈2001年是全人化的生命教育年。

更沒有想到的是，大陸彼岸也有不少人在思考全人教育。一位大陸朋友就來信表示，大陸教育也許只有走向全人教育才有希望，他也堅信全人教育必是大陸的未來。

「全人」已不再是一個孤單的口號，走過一大段孤寂無人理會的時空之後，「全人」的知音似乎到處可聞。也許，事奉的路是一條孤單寂寞的路，但是路上有神的安慰，有神的鼓

勵，使我能堅持走下去。

　　一路上在中原以及在宇宙光推動全人理念的工作，我深知
自己的有限缺乏，但我們堅持「一個人碰到了另一個人，讓兩
個人越來越是人，活出豐盛的生命」的信念，可以對著千瘡百
孔的社會，做一些我們覺得該做的事情。我們做的事情會進到
某一個人的生命裡、某一個人內在的深處，這就值得了。

Chapter 18

海峽兩岸 文化交流共赴未來

　　我在中原大學任教時，為了推動通識教育，常到國內外各地參加會議。1994年4月，我與中原大學合唱團到西安舉行觀摩演唱會，接觸的多半是西北工業大學教職員合唱團的團員們。喜歡音樂、愛唱歌的人，很快就交上了朋友。那天晚上在西安建築科技大學演出時的盛況，令我終身難忘！台上台下的距離瞬間消失殆盡，兩岸四十多年的隔閡，在合唱聲中溶解了！

　　於是我們開始構思，如果海峽兩岸能共同主辦一次夏令營該有多好！這就是宇宙光與中原大學合作舉辦「海峽兩岸師生共赴未來夏令營」的緣起。我們在大陸多個大學舉辦的這項夏令營，在當時是創始推動者，進行了很多交流。

　　看起來很簡單的事，想要落實卻不是那麼容易。在兩岸複雜變化的關係中，我們只求單純的找到一次人與人真誠見面的機會，兩岸的中國人歷經四十年的局勢演變，使我們看起來有

許多歧異不同，然而我們的文化根源卻是相同的。因此我們不談政治的差異，而是以兩岸共同的文化作為敲門磚，並找到兩岸當時共同關注的議題，就是「現代化」。

中國大陸改革開放以後，講四個現代化，正是渴望求新求變的時候。而台灣當時在現代化的路上已經往前邁了一步，因此我們就以現代化為主題，以兩岸共赴未來為名，共同研究歐美國家在現代化過程中的成功案例，學習他們的優點，並且避免缺點。

當時我們花了一些心思來準備這些教材，這些領域雖然不是我的專長，不過感謝主，我大學唸政治思想時，曾涉獵到現代化與傳統文化之間的關係，對日後籌備這些議題，竟然也有所幫助。

開辦「海峽兩岸師生共赴未來夏令營」

因此我們從1995年開始舉辦首屆「海峽兩岸師生共赴未來夏令營」，由宇宙光同工與在學學生組團，前往大陸交流。

還記得當時開幕前的情景，7月16日早晨，海峽兩岸師生終於在西北大學國際交流學院見面了。穿著大會特製藍色T恤的西北大學學生，分散在不同角落竊竊私語；而來自台灣的學生也自然而然分散在不同角落，在那兒觀望等待。但是沒有多久，他們就形成了幾個圈圈，站在那兒互相報姓名，漸漸熱絡

聊了起來。

歷年來，透過駐居中國大陸的劉彥樞、廖美惠夫婦的深耕經營與連繫安排，宇宙光與中原大學合作，在西安、北京、雲南、蘭州、福州、青島、哈爾濱等地舉辦「海峽兩岸師生共赴未來夏令營」，也舉辦多場「海峽兩岸新世紀高校全人教育論壇」、「以愛培育生命教師研習會」等，在海峽兩岸政治緊張的情勢下，以人碰到人的交往，化除了偏見，消解了歧異。

藉由一系列的交流，我們也影響了當時大陸一批30歲左右的青年學者，其中很多都是在文化大革命期間，因知識分子遭受迫害而無法求學，在文化大革命結束後，許多人回到大學求知，並且一路研讀到博士班。經過多年交流，我們與對岸參與者彼此都成為好朋友，至今還常有往來。

除了以學術研討會形式進行交流，宇宙光也將實質的關懷帶去大陸，並拓展對教會界的服事。1999年起，我們多年在陝西辦理「教育關懷工程」，幫助貧苦孩子就學及培訓山區學校老師；2012年，宇宙光舉辦了福建教會尋根之旅，並因此獲邀與廈門、鼓浪嶼地區六十餘位教會同工舉辦講座。

2013年10月，愛心合唱團應邀參加福州大學五十五週年校慶音樂會，愛心合唱團中的教授團員同時在福州大學舉辦了五場專題講座。福建省的教會聽到這個消息後，也在福州、平潭、廈門、鼓浪嶼等地安排了八場特別的音樂分享演唱活動，其中一場更特別安排在福州神學院舉行演唱及講座，雙方都留

1995年海峽兩岸夏令營開營典禮，張光正校長致詞。

雲南大學師生歡迎陣仗。

1 夏令營，北京。
2 夏令營，哈爾濱。
3 夏令營，陝西。

4 至貴州大學參訪。
5 與少數民族合影。
6 與大陸學者成為好朋友。
7 新世紀全人教育論壇。

下了正面積極的良好印象。

　　保羅說，「為我弟兄，為我骨肉之親，就是自己被咒詛與基督分離，我也願意！」宇宙光多次往返兩岸，互訪連繫，透過各種方式與大陸建立彼此溝通的良好關係，上帝的手的確在其中掌握一切，用祂認為最好的方式，作成了許多我們想不到的工作。

海峽兩岸文化交流（1994-2019）

年	講座	地區
1994	以樂會友、學術交流座談會	西北工業大學、西安建築科技大學、北平清華大學、天津大學、廣西師範大學
1995	基督教與現代化的再思	上海社科院歷史研究所、北京社科院世界宗教研究所講座
	第一屆「海峽兩岸師生共赴未來」夏令營	西安西北大學、西安交通大學、台灣中原大學
1996	全人教育講座	雲南師範大學、雲南財經學院
	第二屆「海峽兩岸師生共赴未來夏令營」	雲南師範大學、雲南財貿學院、台灣中原大學
	中國基督教史的研究	雲南社科院
1997	第三屆「海峽兩岸師生共赴未來夏令營」	蘭州西北師範大學、新疆大學、台灣中原大學
	現代化的再思—全人教育的努力	北京外語大學
	現代企業文化與管理哲學	天津大學
	全人教育的理念	南開大學
	全人教育—從青年會的教育理念談起	北京青年會
	全人教育—現代化的再思	中山大學
	座談講座	青島、長沙、成都
1998	現代化的再思— 一位台灣知識分子對中國未來前景的承擔	河南鄭州昇達大學
	第四屆「海峽兩岸師生共赴未來夏令營」	福建福州大學、廈門大學、台灣中原大學

1998	全人教育、全人關懷講座	北京師範大學、天津南開大學、西安科技大學、西北工業大學、杭州大學、武漢華中師範大學、海南大學、海南師範大學
1999	第五屆「海峽兩岸師生共赴未來夏令營」	青島大學、山東大學、台灣中原大學
	秦嶺山區貧困兒童教育關懷工程師資培訓	陝西師範大學
	去神化與去人化─現代化人文現象的悲劇	陝西師範大學
	面對未來─我們需要宣教精神	武漢華中師範大學
2000	秦嶺山區貧困兒童教育關懷工程師資培訓	陝西師範大學
	專題：基督教與中國現代化	陝西師範大學
	高等教育理念的內涵與建構─新世紀海峽兩岸高教理念學術研討會	北京師範大學、武漢華中師範大學
	第六屆「海峽兩岸師生共赴未來夏令營」	武漢華中師範大學、重慶郵電大學、台灣中原大學
	基督教與二十一世紀學術研討會	北京中國社會科學院
	專題演講	北京人民大學基督教研究所
2001	新世紀海峽兩岸高教理念學術研討會─科技、人文、倫理整合新思維	復旦大學、青島大學
	道德教育與生命教育	廣州中山大學
	第七屆「海峽兩岸師生共赴未來夏令營」	北京師範大學、山西師範大學、台灣中原大學

2001	秦嶺山區貧困兒童教育關懷工程師資培訓	陝西師範大學
	二十一世紀高等教育的價值追求研討會：人碰到了人—生命教育的起點與終極	廣州中山大學
2002	全人教育理念研討會	雲南大學、貴州大學
	第八屆「海峽兩岸師生共赴未來夏令營」	哈爾濱工業大學、長春東北師範大學、台灣中原大學
	秦嶺山區貧困兒童教育關懷工程師資培訓	陝西師範大學
2003	秦嶺山區貧困兒童教育關懷工程師資培訓	陝西師範大學
2004	第九屆「海峽兩岸師生共赴未來夏令營」	陝西師範大學、台灣中原大學
	專題演講	甘肅省黃羊川
	華人之聲以歌會友音樂會（福州大學晚霞合唱團、德州大地合唱團、台北愛心合唱團）	福州大學、廈門藝術學院
2006	華人之聲以歌會友音樂會（福州大學晚霞合唱團、南開大學合唱團、北京合唱團、德州大地合唱團、台北愛心合唱團）	天津南開大學、北京音樂廳
2007	華人之聲以歌會友音樂會（福州大學晚霞合唱團、南開大學合唱團、北京合唱團、德州大地合唱團、台北愛心合唱團）	美國德州達拉斯
2008	第一屆以愛培育生命—教師研習會（為汶川大地震）	四川成都

2009	第二屆以愛培育生命—教師研習會	四川成都
2010	第三屆以愛培育生命—教師研習會	四川成都
	華人之聲以歌會友音樂會（福州大學合唱團、德州神州合唱團、台北愛心合唱團）	台北
	陝西諮商人協會第二屆年會講員	陝西
2011	「辛亥百年」史蹟之旅	香港、廣州、武漢
2012	「作夥去福建—台灣教會史尋根之旅」	福建
2013	華人之聲以歌會友音樂會（福州大學晚霞合唱團、德州神州合唱團、舊金山海盟合唱團、台北愛心合唱團）	福建
	專題講座	福州大學
	專題講座	福建神學院
2014	「華西古道行」史蹟之旅	成都、閬中、重慶
2015	「江南古道行」史蹟之旅	杭州、蘇州、鎮江、揚州、南京
2016	「湖光山色古道行」史蹟之旅	長沙、岳陽、南昌、廬山
	全國性生命教育研討會	長沙（應北京師範大學邀約）
	全人輔導	
	全人宣教	
2017	座談會	山東神學院
	「齊魯古道行」史蹟之旅	青島、濰坊、泰安、濟南
2018	「晉陝古道行」史蹟之旅	西安、平遙、太原
2019	「關東古道行」史蹟之旅	瀋陽、長春、吉嶺、哈爾濱

葉珉玉製表

關懷輔導 結合信仰與專業

　　不知不覺與輔導關懷工作「掛勾」已經五、六十年了。雖然，我一直不能算是一個修過學分、取得學位、獲得正式輔導資格的人，但是由於從五十多年前開始在教會中擔任團契輔導、在學校中擔任教職，再加上自己對助人工作的濃厚興趣與心靈負擔，在過去五十多年如飛而逝的時光中，在我生命中留下最多痕跡的，就是我本業之外的這份「助人」工作。

　　有幸能夠在生命的旅程中，陪伴一些人共同成長，還有什麼比這更快樂的呢？

　　在過去，輔導界強調輔導者不可以有自己主觀的價值觀，主張一切依循求助者的實況，輔導求助者成為求助者自己。在一切相對化、合理化的趨勢下，他們主張價值多元化，傾向於接納人的行為事實，並且悲觀的認為許多行為的事實是無法更改、也不需更改的。所以他們接納了混亂的男女關係，有些國家甚至接納人的吸毒行為，使人至終活在偏差的行為中而毫不

自覺，我認為這是很可怕的一件事。

輔導工作的目的

輔導工作的目的是什麼？如果一個輔導者不能引導求助者活出「人的形象」與「人的品質」，活出合於「人的形象」與「人的品質」之所應有的幸福美滿與快樂，那麼輔導是不是走錯了路呢？

如果我們的前提錯了，無論在過程中怎麼努力，又有什麼用呢？根據錯誤的前提所研擬出來的方法，只會更快、更有效的把人推進錯誤之中。

台灣的進步有目共睹，科技發達了、財富累積了、教育普及了、社會開放了，可是社會問題也越來越多了。人們什麼都有了，可是不快樂；人們所要的東西，都找到了，可是人們越來越找不到自己。

政府及民間增設了許多輔導機構，助人已經成為一種事業。但是，越至今天，人的問題卻越來越多。每一次好不容易解決了一件眼前的問題，卻不幸產生了更多的、更大的未來問題。

這種現象不僅台灣如此，世界各地亦然。人不見了，人活得越來越不像一個人，難怪後現代文化學者要指控今天的現代人是活在一個「去人化的過程」之中了。在這樣的警告聲中，

我常常自問，我們的教育工作、我們的輔導工作是在幫助人「成人化」（humanization），或是幫助人「去人化」？

我常講：「錯誤的前提，加正確的推論，加狂熱的執行，等於萬劫不復的悲劇。」現在我們都在推論，講推論思考，然後拚命去做，但是沒有問前提是什麼？從哪裡出發？要把人帶到哪裡去？如果人的尊嚴價值意義都可以不要，那就完了，我們就不是人了。

宇宙光關懷輔導事工　結合信仰與專業

1978年宇宙光正式成立了輔導中心，整合在精神醫學界、輔導學界、社會學界以及心理學界等相關科系的專業基督徒，籌組了諮詢委員會，他們無怨無悔的付出，以專業義工的身分，協助宇宙光輔導中心對外展開社區及教會的服務，包括陸汝斌醫師、陳彰儀、晏涵文、魏世台、劉家煜、彭駕騂、程玲玲、林一真、陳秉華等多位老師，希望藉著這樣的運作，將基督教的信仰與輔導工作有所會通整合。

我們強調，宇宙光輔導中心所有的輔導員，除了具有專業知識與技能外，必須是基督徒，因為如果輔導者自己的終極價值觀不對，被帶領的人的價值觀也會有偏差，那麼他就不會成為一個完整的人了。在這樣的前提下，我們開始了宇宙光輔導

中心的各項事工。

　　宇宙光輔導中心從創始開始，歷任主任都是具有輔導專業技能的基督徒，我們也想方設法蒐集資料，邀請有基督信仰的專業人士組成諮詢委員會，定期開會，研究商討。並且開班培訓，鼓勵年輕人投入這個領域，建立基督教專業輔導的形象與模式。這些從培訓班結業的人也紛紛投入華人各個層面的輔導工作，或進入各級學校擔任老師。

　　宇宙光輔導中心成立以後，無形中形成一個基督徒專業輔導的資源平台，網羅了不少國內外培育出來的基督徒專業輔導人才，邀請他們來宇宙光參與諮詢委員會，就輔導精神、醫學專業與基督信仰整合，交換心得意見，也有好幾位在《宇宙光》雜誌開專欄、出版專書，並舉行各種座談會、研討會、論文發表會，讓源本於基督信仰的輔導知能，也能被一般輔導界所接受採用，我覺得這才是宣教。

　　如果基督教的輔導工作，只是在輔導過程中輔導員有很好的見證、很有愛心，那是不夠的。我覺得真正的輔導宣教，就是要把輔導的整個理念扭轉過來。以前在輔導過程中是不可以講耶穌的，是不可以傳福音的，現在我們要傳遞，告訴他們，講耶穌、傳福音是非常好的一個方法，可以讓人真正找到生命正確的方向，可以活出一個更璀璨的人生。當然，信仰要如何介入輔導的過程，還有一段路等待開拓穿越。

陸汝斌醫師是早期輔導工作的建基者。

1995年「基督徒輔導與人觀」研討會。

921震後心靈重建講座。

參加「壓力調適團體」的成員。

真正的輔導是讓一個人活出全人的豐盛生命，有了這樣的生命，他就會活出不再失落犯罪的人生。

這就會成為一個個案，所有人只要照這個模式去做，都可以經驗主、享有得勝的滿足與快樂。他會發現上帝是可以經驗的、上帝是有規律的，所以我們要在各種變化中找出規律的路，一步步走下來，就可以看見它開花結果。

宇宙光的輔導工作不只是強調著重基督徒輔導人員的愛心耐心，也不僅注重輔導過程中的技巧與方法，更是根據基督信仰中「人子來，為要尋找拯救失喪的人」（路加福音十九：10）的經訓，靠著上帝的恩典，在輔導過程中「使人得生命，並且得的更豐盛」（約翰福音十：10）。

教育也好，輔導也好，宣教也好，其目的都是一個人碰到了人、「一個人陪伴另一個人，讓兩個人越來越是人，活出豐盛的生命」的過程。

宇宙光關輔中心為此召開了幾次相關的學術研討會、出版了幾本系列專書，這一切的努力都是為要影響學術文化、教育輔導專業，讓專業界也能接納我們的輔導理念及模式，讓他們承認並接受這個模式，是一個正確有效值得推廣的輔導模式。

在宇宙光關輔中心同工、義工通力合作下，收穫許多美好的成果，不僅每年舉辦全人輔導論文發表會；結合宇宙光處理過的個案經驗，結集出書，吸引了各界的重視。關輔中心也開

了不少培訓課程，培育儲備更多全人教牧輔導人才。

　　根據全人理念而設計發展出來的全人關懷，也就是全方位關懷，才是我們奔向的目標，才是建立全人有效的助人方法。求神繼續施恩憐憫，教導引領我們，進入祂的全人豐盛生命之中，也能在這個充滿失落呼聲、人不見了的後現代文化社會中，把神所賜全人豐盛的生命帶給這個苦難失落的世代。

歷史圖展 宣教血淚撼人心

　　五十多年前，我從中英外交關係研究領域退出，轉而投身華人教會史的研究工作，茫茫然走進這個陌生的研究領域時，也正是台灣現代化的呼聲高喊入雲之際。我決定從現代化的歷史文化過程著手，先從西方現代的發展歷程，探索基督教在西方現代化的形成過程中所扮演的角色及其影響，然後檢視中國現代化歷程中，基督教宣教士所扮演的中間媒介人物的角色。

　　為了網羅更多研究人才，我在家中成立了一個小小的文史團契，鼓勵優秀的基督徒學生投考文史科系，也邀約大學文史科系的學生在文史團契中，共讀當時難以見到的相關資料文件，並研讀、翻譯西方的中國教會史書籍，以及一些早期傳教士所寫的回憶錄，或有關中國文化社會的觀察研究叢書。

　　當年參與這個文史團契的契友，有好幾位後來都獻身華人教會史的研究工作，如查時傑、李金強、魏外揚、陳一萍等。後來我也有機會前往美國哈佛及耶魯大學的圖書館，查閱有關

的資料論文，並參照中國的檔案資料，自己摸索著寫了幾篇討論基督教與華人文化，及宣教士在中國現代化所扮演的角色的相關文章。

為了影響更多群眾，我寫了與華人教會歷史文化有關的文章，和探討當代文化社會與基督信仰的專文，在《校園》雜誌上發表。沒想到這些文章竟然引起了相當熱烈的回應討論，於是我便把這幾篇文章重新增補整理，改寫成論文，於1970年由商務印書館出版《基督教與中國近代化論文集》。這是我生平出版的第一本書，沒想到竟然再版多次，書中所採論文的研究方法及研究方向，也引起了不少研究者的回應共鳴，使華人基督教史的研究，逐漸從反教教案的研究，改為基督教與中國現代社會文化變遷的關注探討。

同時，我也善用大學教師的身分，透過學術交流、舉辦學術研討會，推廣中國教會史的研究，之後並將這些會議論文集結出版；也藉由宇宙光出版社，為兩岸三地教會史研究專家開闢了一個發表作品的窗口。

宣教士的生命故事震懾心靈

投入華人宣教史研究工作數十年，宣教士的生命故事時刻在我腦海心頭反覆映現，他們走過的路徑，有時智慧閃爍，令人目不暇給；有時血淚斑斑，震懾心靈。

這些人當中，第一位來華宣教的基督教牧師馬禮遜（Robert Morrison），從1807年進入中國後，到1834年病逝葬於澳門，入華二十七年間，竟然把全本聖經翻譯成中文，並且將之刻版成中文印刷出版，並編印出版一本厚達4500多頁的華英字典，還創辦中國報業史上第一份民報。在中國宣教史及報業史上都留下極深遠的影響，被尊為「平民階級中的英雄」。

2004年我從中原大學退休後，便排除雜務，在宇宙光全心投入預備2007年馬禮遜入華宣教二百年紀念相關活動，規畫出版一套七十本的紀念叢書，還要製作一套「馬禮遜入華宣教二百年歷史圖片展」巡迴世界各地展出。

這個構想一直在我們心中醞釀多年，但因為宇宙光只是一個小小的關心文化社會的社服單位而已，從無固定資產經費推動各項工作，這麼大的一個研究推廣計畫，在沒有錢的狀況下提出來，會有什麼用呢？我們陷入兩難的矛盾中，於是只好採取雙面策略，一方面籌備進行，經費問題則暫時迴避不談。

直到2006年「世界華人福音會議」預展前，這項出版展出活動經費仍然沒有著落。雖然我們申請補助的單位大都肯定這個計畫的價值與意義，但談到經費問題，則多退縮不前。連世界華人福音會議及宇宙光董事會都以同樣態度，希望我們另籌經費專案舉辦。

在這種情形下，我只好悶著頭皮在宇宙光成立了一個有責無權、自籌經費的新單位——「馬禮遜學園」，把研究計畫書

寄給各位作者，並附上一封懇切的信函，希望作者願意奉獻稿費版稅，支持這項計畫的開展。沒想到信件寄出大約十天左右收到了第一封回信，是來自武漢華中師大、我的「虎兄」章開沅教授。

打開他的信，但見龍飛鳳舞的寫著幾個大字：

「虎弟辦事，虎虎生風。所詢舊作，編輯成書，樂觀其成。隨附人民幣壹萬元。聊表支援。虎兄章開沅。」

「虎兄」帶頭的這筆奉獻，使身為總策畫的「虎弟」我信心倍增，從此放膽去做！

製作圖片展覽工程艱鉅，我們同工花費很多心力蒐集圖片，這套圖集首先在2006年於澳門舉辦的第七屆華福大會上展出。那時候教會歷史沒什麼人注意到，但是我們這套圖片廣受各方人士注目，世界各地有許多人蜂擁而來，流淚參觀所有的圖片，仔細聆聽不同的宣教專題講座。我們看到上帝賜下了一把火，在世界各地的華人心中，熊熊燒起，之後各界更爭相邀請宇宙光到當地展出。

之後在2011年適逢中華民國建國百年，宇宙光推出「風雨彩虹：民國百年與基督徒繽紛錄」圖片特展，也接受華福會委託製作「印尼華人基督教宣教歷史圖片展」在第八屆華福大會展出。2015年為蘇格蘭醫療宣教士馬雅各來台宣教150週年、2017年為馬丁路德宗教改革五百週年紀念、2019年為中文聖經和合本出版百週年，都推出歷史掛圖展。

1　1987年舉辦的馬禮遜入華180年圖片展。

2　小朋友與Q版馬禮遜擊掌。

3　為馬禮遜入華二百年圖片展剪綵。

4 為觀展者解說。

5 查時傑老師解說圖片。

6 戴紹曾夫婦（左一、二）前來觀展。

7　小朋友聽老師解說宣教士的故事。

8　宣教歷史圖片在美國舊金山展出，觀展者緬懷流血流汗的宣教士，恭敬寫下觀後感言。

9　宣教歷史圖片在美國德州展出。

10 馬丁路德九十五條論綱發布500週年圖片展。

11 魏外揚老師解說圖片。

12 彭蒙惠宣教士（左）前來觀展。

我們採用圖片展覽較為通俗的方式，而不是用嚴肅的論文方式，就是為了向基督徒與社會大眾介紹這些基督教歷史的重要人事物。同樣的，馬禮遜學園也不是一個純粹的學術研究單位，而是一個充滿生命熱情、藉著學術研究、尋找歷史真相、預備福音好土、以利福音廣傳的福音宣教機構。

當時馬禮遜學園雖需要一個寬敞便利的場地，但那時宇宙光找不到任何可供運用的空間，而想在台北購租任何一個可供使用的空間，都不是我們的經濟能力所能負擔的。

2007年9月，我忽然接到已故農復會主委沈宗瀚的夫人劉廷芳女士邀約，願意把她位居忠孝東路四段的住屋捐獻出來。沈夫人透過救國團創辦人宋時選的夫人胡桂貞女士連繫我，於是我前去拜訪。沈夫人表示想奉獻住所，不知道對我們有沒有用處。我提到宇宙光的一些工作，其中一項就是馬禮遜學園所做的基督教歷史跟文化事工，她表示願意奉獻住所作為馬禮遜學園之用。我當時覺得不可思議，從來不敢想能在如此昂貴的地段建立事工據點。

我與沈先生有過一段淵源，沈先生年輕時在聖公會受洗，相當關心信仰與文化調和問題，輾轉聽聞我投入信仰與文化相關研究事工，於是沈先生便託人邀我至他家中討論相關問題，沒想到這個多年前的互動，竟在數十年後促成沈夫人決定捐贈沈先生故居，成為宇宙光拓展華人宗教歷史事工成立馬禮遜紀念學園的一個契機。

沈夫人主動要我們趕快辦理過戶手續，她的女兒也從美國回來協助辦理。就這麼在上帝的恩典祝福之下，於2019年4月22日「馬禮遜紀念學園」園址與「沈宗瀚故居」並列開館，作為研究華人歷史文化社會與基督教信仰關係的據點，同時紀念沈宗瀚老弟兄。

　　感謝主，揀選我在這個領域中尋求探索了五十多年。五十多年來，宇宙光在華人世界率先投入宣教史研究，使宣教史獲得學術地位。使我們這幾位一同參與這項聖工的弟兄姐妹們，更加清楚明白神在基督教與華人歷史文化社會這項事工上的帶領、呼召與旨意。

　　希望藉由我們的努力，在華人歷史文化社會與基督福音信仰之間，架構一座雙方互相溝通了解的橋樑，使未來的華人文化成為一塊有利福音種子落土、生長、開花，結實三十倍、六十倍、一百倍的好土。

PART III
挖掘愛礦

每個人心靈深處，
都隱藏著一座蘊藏豐富的愛礦，
宇宙光願意在這個悲苦動盪、
澆薄寡情的現代社會中，
扮演一個挖掘愛礦的礦工。

送炭緣起　愛的導管不怨不悔

　　「送炭」活動是宇宙光一項很重要的事工，創辦初期以一個自顧不暇的小小雜誌社，我們憑什麼敢來承擔這一份額外的負擔？在宇宙光從一小間狹窄不足容身的地下室，搬到七號公園預定地的小木屋後，於1977年5月，啟動了第一次「送炭」活動。

　　小木屋的房主修澤蘭先生因為認同宇宙光「探索生命意義，分享生命經驗」的主旨，以象徵性的房租一元將房子的使用權交給了我們。宇宙光從創刊以來，就堅持「探索與分享」的原則，深深相信生命有其崇高的價值與特殊的意義，一個人在人生的道路上，每次往前邁出一步，都是一個探索的歷程，而在探索歷程中的點滴經驗，無論大小成敗，都應無條件與人分享。

　　因此，我們出版《宇宙光》雜誌、叢書，舉辦各樣文化藝術活動、學術演講聚會，在這個社會中，我們有感於承受了太

多的恩惠，我們必須反饋回報，就是在這樣的心情下，決定舉辦「送炭」活動。

送炭，顧名思義，是成語「雪中送炭」的意思，宇宙光領受德蕾莎修女所說「愛就是在別人的需要上，看到自己的責任」，期許成為愛的導管，將暖暖炭火送到需要的人手中。藉著送炭活動，向社會大眾募款，將所募善款捐給需要幫助的弱勢族群，包括育幼院童、泰北難民、晨曦會、邊緣少年等，歷年來引起極大迴響。

送炭催生蘭恩幼稚園　幫助邊緣少年

送炭活動在母親節展開，因為母親所付出的就是一種看不見的愛，因此我們選在母親節將這份愛傳出去；第一次送炭活動將募款送到屏東信望愛育幼院、六龜山地育幼院、聖道兒童之家及伯大尼育幼院四間育幼院。

當時我在一篇文章中如此寫道：「我深信在每一個人的心靈深處，都隱藏著一個蘊藏豐厚的愛礦，宇宙光願意在這個悲苦動盪、澆薄寡情的現代社會中，扮演一個挖掘愛礦的礦工。」

一座座大大小小的愛礦不斷的開採出來。我們曾經涉水翻山、明察暗訪，尋找真正需要及值得送炭的地方；從孤苦殘障到疾病貧弱；從僻遠深山到海島荒郊，我們把愛心的管子，由愛礦的礦源引到孤兒院中，引到脊椎側彎、腦性麻痺、洗腎病

1. 1981年送炭到蘭嶼的宣傳照片，藉各種媒體呼籲社會大眾捐款。
2. 送炭到蘭嶼擺攤義賣。
3. 蘭恩幼稚園是蘭嶼第一所幼兒園。
4. 成立蘭恩圖書室。

5 因送炭1991，三人合
影（左至右：邵玉銘、
林茂安、我）。

6 送炭1991， 白培英董
事長（左）將募得款項
致贈林茂安，為蘭嶼籌
建青少年活動中心。

7、8 送炭1991音樂會，趙
傳（7）高歌響應；二
胡演奏家溫金龍（8）
獻技。

13 2009年送炭愛心義賣園遊會。

14 2018年送炭記者會，公益代言人是孫越的女兒孫向瑩
（右）。

15 關懷弱勢兒童，舉辦藝術欣賞課程。

16 為弱勢兒童舉辦「珍愛大自然」生態體驗營。

人及視覺障礙的人群之中；我們曾一而再、再而三的懷抱著新出土的愛礦，遠渡重洋，深入泰北金三角人跡罕至的角落；還有蘭嶼、以及環繞著澎湖的許多三級離島。

第五屆送炭活動，我們跑到蘭嶼，鼓吹成立了蘭嶼第一間幼稚園──蘭恩幼稚園。當時是一位和宇宙光毫無淵源的林茂安弟兄，原本在台北基督書院畢業後計畫赴美進修，但因上帝感動他，讓他放下一切到蘭嶼擔任代課老師，在兩年的任職期間，發現當地主流教育對原住民文化不公平對待、以及幼兒乏人照顧的問題，最後他決定在蘭嶼辦一所幼稚園。

就在這時，宇宙光的同工到蘭嶼拜訪，經過了解後，決定將他設立幼稚園的計畫列為送炭行動的幫助對象。當時義賣會一共募得10萬元，全數投入幼稚園的建設，而茂安弟兄也就留在蘭嶼服務，陸續開辦牙醫診所、廣播電台、圖書館等，最後還成立了蘭恩文教基金會，推動當地社區營造與弱勢關懷事工。

1993年送炭活動，宇宙光為籌設花蓮信望愛少年學園募得1,900萬元作為建築基金興建完成，後來將近一百位青少年在那裡住過、在那裡受惠。更生團契黃明鎮牧師為此撰文稱宇宙光不只是更生的「大哥」，還是「恩人」！黃牧師肯定宇宙光每期贈送雜誌給監獄，帶給受刑人安慰；看見宇宙光的同工們以奉獻的心志，付出了氣力及時間，關心人的靈魂，讓他覺得非常感動。

這就是宇宙光「全人」理念，送炭事工也就是實踐「一個人陪伴另外一個人，讓兩個人越來越是人」的過程。我們是有靈的活人，有上帝的形像和樣式，必須知道自己身為「人」的尊嚴、意義和價值，並活出上帝賜給我們生命的榮美和豐盛。

　　我們藉由送炭活動，凝聚各界愛心，透過各地方熱心民眾的愛心捐款，或是發票的募集，所募捐款與兌獎金額，專款專用，支援慈善救濟工作，多年來，引起極大迴響。

　　從最初「送炭到泰北」、「送炭到蘭嶼」、「送炭到晨曦」、「建立天倫館」、「花蓮青少年學園」、連續10年的「送炭到向陽」兒童事工，到現在的「送炭——兒少愛提昇計畫」，我們擴大服務對象從兒童到少年，以教學營隊與戶外活動，幫助孩子開闊眼界與知識，培養良好品格，結合宇宙光的關懷輔導專業、文字出版專業、影音出版專業，免費贈送全新書籍、故事CD，幫助孩子重建自信，得到更多的資源與關懷，讓弱勢兒少在心靈、知識、品格三方面都能成長與茁壯。

　　宇宙光送炭從未停止，這根愛的導管，把「愛」與「被愛」、把「施」與「受」連接在一起，看到受施者的滿足，看到被愛者的快樂，我們知道，送炭是我們不怨不悔的選擇。

送炭到泰北 血淚斑斑泰北行

　　「送炭」最具代表性的活動，是1982、1983年兩次泰北山
區難民村。我們組成醫療服務隊，巡迴泰北各村，展開醫療救
援，以幫助當地改善衛生、農耕，並為泰北的需要募款，舉辦
全台愛心晚會，籌募之捐款超過100萬元，所有款項均捐給泰
北地區。

　　關於難民工作，從上個世紀七〇年代中的海上難民潮時
代，宇宙光就開始關注。那時宇宙光才剛成立不久，什麼都缺
乏之餘，只有憑恃信心，探索前進。「主啊！我們在這裡，求
主差遣！」這是我們每天小心翼翼的禱告。

　　記得某次在採訪過程中聽到海宣宣教士胡千惠在海上難民
營駐營宣教的事蹟，令我們深深感動。於是開始了宇宙光一連
串的難民工作。胡千惠也開始在《宇宙光》雜誌撰寫專欄，分
享難民宣教工作的呼召與需要。

　　在這種情況下，我曾深入多處難民營，體會難民生活。並

曾帶著曉風和兒女進入營中體會難民生活。這些行程在當時兩個尚在就讀小學的孩子心中，留下了深刻印象。如今他們也是年過五十的人了。

當時難民營分布泰緬寮沿海山區各地，往返交通壅塞艱難，危機四伏。有時一擠上車，全程十幾個小時，灰塵漫天、顛簸不停，連停車休息喘息吃飯的時間也分不出來。也就是在這種情形下，有一位乘客知道我們要去難民營工作，他有點不以為然的對我們說：「去難民營？那些人是在聯合國保護之下的人，可陸續以難民身分進入第三國移民。真的難民是長駐泰北難民村的難民，是一群沒有國籍、沒有保障的真正難民。」

他這段話讓我想起台灣知識界有關泰北問題的爭議，「異域」這兩個字引起我極大的關注。因此在七○年代末後幾年，我曾多次進出泰北難民村，《宇宙光》雜誌也闢建專欄報導有關難民村的故事，終於促成了「送炭到泰北」活動。

轟動整個難民村及港台新聞界

當然，僅憑一個自顧不暇的宇宙光，想要推動「送炭到泰北」這麼大的一個活動，是決不可能的。從一開始策畫，我們就知道這是個群體動員始能有成效的活動。從早期建立地方關係開始，我們小心翼翼的與泰國相關教會組織合作；也聯絡相關事工團隊共同參與，如香港晨曦會戒毒工作。

我們也動員了醫護人員、社工輔導人員、工程技術人員入村服務，爭取口碑好感。當然又唱又跳、又演又講的高手，更是一個也不能少的人才。尤其是上個世紀八〇年代初大動員的那幾年，「送炭到泰北」的活動，轟動了整個山區難民村，也驚動了台港新聞界，引起熱烈的討論。

我在〈嗚咽的湄公河〉一文中，曾經記述下我前往難民營訪問的所見所聞及感動，摘述如下：

> 對於湄公河，我一直有一份深深的眷念。
>
> 第一次聽到她的名字，我就心嚮往之的愛上了她。那時，我在初中就讀，從簡陋的地理教科書上，第一次對她有了個粗淺的印象，從此以後，每當聽到湄公河這三個字，都使我有一種羅曼蒂克式的激情。啊！湄公河，滋潤中南半島的湄公河，像一個充滿了愛的母親，溫柔的把她愛之乳汁，供給嗷嗷待哺的孩子。
>
> 懷抱著這種浪漫的情懷，驟然間，我來到湄公河畔。
>
> 雨季後的湄公河，一片滾滾濁流，河面遼闊，漩渦甚多。我站在泰寮邊界處的廊開碼頭上，廊開的對岸就是寮國，寮都永珍就在不遠處。幾家賣紀念品的土產店裡，坐著幾位意興闌珊的店員，照顧著稀稀落落的遊客，而大多數的土產店，甚至連店門都懶得打開，根本沒什麼生意。開門又有什麼用？自從寮國變色以後，泰寮的關係一直就是緊

張而矛盾的。尤其最近幾個月，邊界衝突紛紛升高，泰國宣布關閉泰寮之間的關卡，來往的人更少了。

　　我們坐在泰國移民局辦公室前的石椅上，遙望對岸的河山。天仍然是一片蔚藍，山勢挺拔俊秀，一片綠樹野花，仍然繁茂在那片土地上。稀疏的房舍，分散在山間田埂上。那邊的人在幹什麼？他們的心在想些什麼？在這邊碼頭的頂上，一些孩子們穿著破爛的短褲，甚或乾脆赤裸裸的呼嘯著往河面躍入，想想看一群孩子從數丈高的碼頭上集體歡呼著跳入河中，是一幅多麼動人的圖畫！在一連串的「噗通」聲中，一個個不同的人體彈，炸開了混濁湍急的河面，然後又一個個從河水中鑽了出來，在我還沒有搞清楚是怎麼一回事之前，他們已濕漉漉笑嘻嘻的站在你前面，準備再一次的跳水了。

　　移民局辦公室旁邊有一間小小的候船室，如今因碼頭關閉已廢棄不用了。我們從外面踱了進去，一群衣衫襤褸的男女老幼被幾組臨時搬來的鐵欄杆圈在小室中的一角，他們相互擁擠的坐在地上，彼此竊竊私語，偶而他們也會用慌亂的眼神，越過柵欄，窺探一下外面的世界，但很快又縮了回去，好似做錯了事的孩子不敢看人一樣。

　　「他們是剛剛從對岸逃過來的難民。」那位泰國警察告訴我的朋友。

　　「那麼，他們怎麼辦？」我迫不及待的問道。

「他們以非法入境被捕，」朋友淡淡的回答：「可能會先被送往臨時的拘留營，然後再轉入難民營，取得難民資格，至於什麼時候轉往第三國就不得而知了。」

看著坐在地上的那一群人，一陣悲哀由心底浮起，為什麼他們要那樣可憐兮兮的擠坐在地上？為什麼幾根充滿鐵銹的欄杆就能把他們隔絕在那敝陋的角落裡？為什麼他們竟那麼無助的等待著待決的命運？

我不忍看，也不敢再想下去了，深恐多看一眼就會多加給他們一層屈辱。快步奪門而出，湄公河的水仍然洶湧，對岸的河山依然美麗。忽然我聽到難民群中一個孩子尖厲的哭聲自背後響起，我被夾在中間，淚眼迷濛間，我好似聽到了美麗的湄公河，也在那兒嗚嗚的哭著。

朋友帶我進入了廊開難民營，在一片黃土的平地上，搭蓋起一間間簡陋的草屋，也有一些是用木板鐵皮拼湊而成的。進入營區大門後，有一大片焦黑的土地，有些孩子及老年人在火燒後的廢墟上翻挖尋找劫後的餘財，屋子是完全燒掉了，滑稽突兀的堆在那兒，我跟著幾位年輕的難民，走到焦土的中央，「這究竟是怎麼回事？」我忍不住指著眼前的景象，問身邊的難民。

「中國新年前一夜的一場大火造成的，」他告訴我：「難民營中品類複雜，種族不一，政治立場更不相同，打鬥

仇恨，甚至死亡，根本就不當一回事，這場大火燒盡了很多難民最後一筆積蓄，也燒光了許多人重要的身分證明文件，使這些難民營中四萬難民的一半——二萬多人完全無棲身之所。」

「這麼可怕嗎？」

「是的，非常可怕。」他說：「那天晚上大火沖天漫起，一下子就火勢熊熊的完全不可控制，熱風吹起了燒得通紅的鐵皮，在空中像一片片火毯似的到處飛行，真是可怕極了。」

「而更可怕的是二萬多人忽然失去了可用的廁所，」另一位難民搶著回答：「你能想像這件事的可怕嗎？忽然你會發現異味鑽心，遍地『黃金』，想想看有多可怕。」

「那時衛生情況壞極了，非常容易患病，一點小毛病也會釀成大禍。」畢業自靜宜數學系，卻在兩年前進入難民營擔任宣教工作的胡千惠說。

其實，即使是今天，難民營的廁所仍然不敷使用，尤其是夜晚行路，「中獎」的機會簡直太大了。

我不能忘記四月間去難民營醫院訪問時的情形，一幢簡陋的木屋，密密麻麻的擺滿了病床。呻吟聲、哭泣聲，夾雜著各種藥味、人體的臭味，在炎熱的熱帶夏季，使你覺得好似一下子進入了地獄。

多半的病人都有腸胃系統方面的毛病，瘧疾也有不

少；尤其是兒童病人，經過幾天水瀉以後，剩下的只是一層薄薄的皮，包著像現代雕塑家雕刻過的骨頭，一條條一根根，那麼可憐，卻又那麼強烈的向你刻劃述說這一代的悲慘故事。

忽然，我們被一個病人的可怕病容嚇住了，輕悄悄的圍了上去，在帳子裡面我們看到她右邊的臉完全腫脹了起來，右邊的眼睛鼻子完全找不到了，腫脹部分的表面充滿了血色，表皮好像一層薄膜，一吹一彈就會破裂似的，我們圍成一圈站在她的病床前，一句話也說不出來。

「真可憐！」一位難民病友對我們說：「好不容易盼到出了名（難民用語，指在第三國公佈名單已獲移民允許之難民）可以離開這個倒楣的地方，卻不幸得了這個怪病。」

「她是怎麼得到這個怪病的？」我問旁邊的醫生。

「病因不十分清楚，」他說：「一天，她在餵奶時被她的孩子撞了一下，起初只是一個小小的傷口，不料被一種不明的病菌所感染，忽然腫脹了起來，越來越嚴重了。」

今年八月我再次進入廊開難民營，火燒後的痕跡已大致清除乾淨。進到醫院，他們告訴我那位婦人和孩子在一天之內相繼去世，留下那位可憐的爸爸，帶著一群劫餘的孩子們，茫然的踏上飛往第三國的旅程。

湄公河就在不遠處急湍的流著，一位難民凝視著對岸

的河山，以他慣有的中南半島華僑口音對我說：

「林先生，你要知道，死在湄公河的人比活著逃過來的人還多。」

什麼？真有這種事？多麼可怕的死亡行軍啊！光是廊開難民營中，不是就有四萬多人是從寮國那邊橫渡湄公河過來的嗎？如果再加上烏汶難民營、黎府的苗人難民營，豈不是有幾十萬人嗎？

「湄公河實際上是一條血河。」他下了最後的結論。

血河？一點不錯，看著它黃濁急湍的奔向遠方，不知道有多少割心泣血的故事被埋在滾滾濁流之下。

「我眼看著我的二姐被濁流捲去。」一位長得相當健壯的難民對我說：「我雖然急得要死，但是因為自身難保，只好含著眼淚，看著她沉入水底。」

「有一天，一位中年婦人走進了我的小房間，」小巧瘦弱卻獨自一人前往難民營服務的胡千惠小姐說：

「她一言不發的往地上一坐，就嗚嗚的哭了起來，我一時手忙腳亂，不知如何是好，只好也往地上一坐抱著她的肩膀輕輕的拍了起來。幾個小時以後，她才斷斷續續的告訴了我他們全家的故事。

前幾天他們全家七口從寮國渡河而來，因為是偷渡只能晚上行船，又不敢開燈，結果船行中途就遇難沉沒，她和她的丈夫分別搶救到一個孩子，老大自己奮鬥終於脫險，

不幸的是其他兩個孩子就永遠葬身河中了。」

　　發生在湄公河中的故事嗚咽不斷，而聽慣了這些令人嗚咽的故事的人，卻漸漸麻木到失去嗚咽的能力，他們只是平靜的述說一個好像十分遙遠的故事，而聽者也只會冷靜的反芻這些故事，然後冷酷的比較哪一個故事最淒慘。

　　於是湄公河的嗚咽聲更為淒厲嘹亮，它要藉滾滾濁流，把這些悲慘的故事，傳到遠方。

　　葉秀琴在進入難民營之前，曾在寮國永珍住了八年，她的父親是廣東人，母親是寮國人，葉秀琴排行老大。在逃亡途中她歷盡艱辛，將父母姐弟及八個失去父母的外甥一批一批的送到了難民營中，然後她自己是最後一個進入難民營的。

　　她說：「八個外甥中有四個父母死了的，其他則是父母無法逃出寮國而失去聯絡的。我自己雖然只有二十幾歲，但想到他們都是失去父母照顧的孤兒，就可憐他們，不顧一切的把他們都帶了出來。我一個人要養活這麼多人，實在困難。

　　「記得剛到寮國的時候，常常整天挨餓，連討飯的對象都沒有。我們從寮國渡湄公河來泰國時，許多船都在河中央翻了，母親逃出來那一次，有九個人一起出來，快到泰國的時候，突然遭軍隊攻擊，小船不敢靠岸，只好把人往岸上丟，有些人不會游泳，落在湄公河中就不幸溺斃了。」

如今葉秀琴得到教會人士的資助，在難民營中擺了個小小的攤子，為了養活一家十口，她除了照顧小小的生意之外，還要四出找尋可能賺錢的方法。

　　類似的故事，像湄公河的濁浪，一波又一波永遠也說不完，在黎府苗人難民營中，他們告訴我殘酷的共產政權曾用毒氣毒殺了近十萬的山地苗人，在考依蘭、在沙繳、在幾十萬難民聚居的破舊的難民營中。他們幾乎每一個人都有一個家破人亡的慘劇，他們那飽受屈辱的身體和慘遭折磨的靈魂，都反覆的向千百年來一直守護著中南半島的湄公河，發出一聲又一聲的控訴，於是湄公河承載了歷史上從未曾有的負荷，一路掩面嗚咽而去。

文載〈嗚咽的湄公河〉，《心動時刻，多美》67-82頁

　　從1982年年初第一次「送炭到泰北」的構想逐步形成，到母親節送炭到泰北慈善活動在全省各地逐項展開，反應的熱烈遠遠超過我們所想所求，到8月我們出發前往泰國時，從各方匯集而來的捐款，已經超過300萬，是我們原先小小計畫的三倍。

行李超重　奇蹟過關

　　書籍、衣物、藥品、醫療器材、理化實驗儀器、銀合歡樹

種……把宇宙光每個角落塞得滿滿的，送炭團的團員幾經折騰安排，終於有24人順利成行，包括醫生、護士、工程師、民歌手、老師、社會工作員，計畫在一個多月的時間內，到泰北聯華新村、老象塘、滿老胡、永泰、美斯樂、孟芳、萬養、黃果園、賀肥、光武新村、光華新村等地，展開醫療、工程、農技、社會服務等工作。

當時我們的行李共有三十四件，超重達四百多公斤。抵達曼谷時，我的腦海中如閃電般的出現了好多好多的畫面，唉！這麼多的行李，泰國海關會順利放行嗎？

「把行李分散各別通關，以免引起泰國海關的注意。」有人這樣建議。

「如果海關問你帶的是什麼東西，你一定不能告訴他是藥品樹種，也不能告訴他帶有大批中文教科書及參考書……」有不少人憂慮，如果實話實說可能全部行李都會被扣關檢查。

「泰國的海關腐敗得很，送點紅包就必可放行。」這種話也聽得太多了。

其實我心中明白，答案早已十分清楚：「主啊！我們不能送紅包，也不願撒謊騙人。」

前來檢查驗關的人員從我們的行李包中摸出一小瓶粉狀針藥，我心中暗叫一聲「不好」，沒想到他第一樣就拿到了足以引起海關人員注意的東西。

「這是什麼？」他一面指那小瓶子，對著光線細細的看，

一面側過頭來問我。

「是醫療用的針藥。」我很快的回答他：「我們的團員中有一半是醫生護士，我們要在泰北的難民村中從事一個多月的醫療服務工作。」

他的手中仍然拿著那瓶藥粉在想，我把行李口袋開得更大，伸手把那瓶藥從他手中拿了過來，他居然沒有拒絕，我心想這個難關大概過去了。他的手在行李袋中摸索了一會，又拿出一大包東西來，看了一下遞到我面前說：

「這是什麼東西？」接過來一看，才發現是家庭計畫協會送的保險套，在泰北難民村中，有六、七個子女的家庭多的是，所以我們帶了不少推展家庭計畫的藥品器材，我們團員中有知名的婦產科醫生，護士中也有好幾位對家計推展具有好幾年的經驗，因為當地人含蓄害羞，女性醫護人員是非常需要的。

「啊！這是為家庭計畫用的！」

聽到我這樣回答，關員爽朗的笑了起來，我們第一包行李就這樣平安過關。他回頭看了一下排在地上的一大堆行李，指了指最大的那個帆布包。我一腳跨出，雙手有如神助般的把那個大包抬上了檢查台。

「都是舊衣服，」我一面開鎖一面對他們說：「都是要送給泰北山區窮人的。」

他抽出幾件衣服看看又放回去，手一揮放行。接下去一件

一件行李，上台檢驗放行，快得很，不到半個小時，三十幾件行李全部順利出關。

我推著最後一批行李，走出出境室，心中充滿了興奮與感激。想想我們第一批團員帶來的小部分行李有一大半被扣，而這一大堆行李竟能平安出關，那天晚上我們都覺得這是一個神蹟。

第一次在泰北，我們原來預計每天看一百個病人，但是在幾乎看不到醫生的荒山野嶺之中，聽到有「台灣的醫生」來了，病人翻山越嶺走上三、五個小時來看病，一個上午就得看一百五十多個病人。工程農技人員一到村莊就被村中人約去「遊山玩水」，一邊砍樹開路，在崎嶇泥濘的山地森林中尋覓水源，分析土質；一邊聽當地人述說著與惡劣的自然環境艱苦搏鬥的辛酸故事，精疲力竭的回來以後，還得在一盞晃動不已的油燈或搖曳的燭光下，連夜趕出工程設計圖。

老師及社工人員則一大早就須趕到設備簡陋破敗的學校教孩子們唱歌、說故事。晚上的同樂會是村民們最喜歡的節目，幾乎每天晚上都擠得滿滿的，我們的節目有民歌民謠、福音歌曲、人生短劇、見證短講。村民們跟我們一同大聲唱歌，有些時候人實在太多了，音響設備又差，我真不知他們又熱又不舒服的擠在那兒幹什麼，但是就是沒有人走開。

住在沒有電、交通極不方便的山村中，村民一向是早睡早起的，但是我們的晚會有時拖到十點多鐘，觀眾仍無回家的打

算，我們只好一再扯著嗓子唱下去，一再向他們揮手告別，最後只得狠心拒絕不理會他們的點唱，他們才成群結隊的擎著一把電筒或一盞氣燈在黑暗崎嶇的山間，一步一步的離去。

「我們做了些什麼？我們又能給他們什麼？」面對著難民們感激的眼神、讚賞的聲音，我們覺得心如刀割，這個世界上的一切都會過去，而難民們對苦難的漠視，對生存的熱切，對愛心與友情的回饋，會長遠留在我們的心坎裡。

安息吧！亞咪

在泰北有些村莊，貧窮得令人無法想像。幾乎百分之七、八十的病人都患有營養不良或嚴重貧血。記得在聯華新村看病時，我聽到一位醫護人員勸病人多吃點補品如豬肝之類。後來他們告訴我，許多村民一天只吃兩餐，辣椒及鹽是主要調味料，我十分心酸的提醒醫護人員不要再勸病人增補營養。

有一次，看到一個小病人雙腳無力不良於行，有一位團員自以為得意的對他母親說：「買一些骨頭煮湯給他吃，再把骨頭嚼碎了吞下去。」可是根本沒有肉吃的村民怎麼可能有骨頭煮湯吃呢？大家正在左出主意、右出意見時，那位團員好像發現了新大陸似的說：「那麼抓些田鼠煮來吃吧！」

「吃田鼠？多麼可怕！」從台灣來的團員們有些忍不住覺得噁心了，但是誰也沒想到那位村民面無表情的對大家看了一

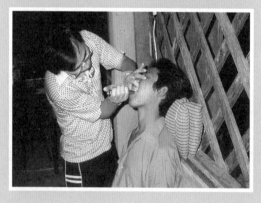

```
1 │ 4
──┼──
2 │
──┤
3 │
```

1　準備帶到泰北的物資，包括書籍、
　　藥品、衣物等。

2　福音晚會。

3　醫療人員檢查牙齒。

4　下雨過後，道路泥濘難行。

第一個有醫生護士接生的孩子出生了！取名叫「龍根在」。

有些路段必須渡河穿越。

眼，然後說：

「田鼠？早就吃光了！」

我們一下子都沉默下來，誰也不敢再開口說話，心中沉甸甸的說不出來有多難過，看著那位失望的母親抱著那病弱的孩子離去，我們只是想哭卻哭不出來。

在美斯樂的一戶人家，我們看到一個阿卡族的小女孩名叫亞咪，已經十一歲多了，奄奄一息的躺在柴房的柴堆上，接送到我們小小的診所時已經嚴重脫水，注射點滴時，亞咪的血管只能承受五、六滴便告破裂，醫護人員為她安排了全天候的護理計畫。

住院兩天後，她的病情逐漸穩定，咿咿呀呀的講了許多話，經過翻譯以後才知道她要找她的媽媽，但是我們到哪兒去找她媽媽呢？她已被賣了兩次，這次被賣到美斯樂，只值一百泰幣，還不到兩百塊台幣，而且說明了生死不論。

聽著她要媽媽的呼聲，好似一根根皮鞭抽打在我的心頭，整個心都被扭緊了，一陣陣的抽痛。我們的醫護人員只能緊緊的抱住她，輕聲細語的對她說許多話。晚飯後她的病情忽然轉劇，血水由她口中冒出，醫護搶救無效，她躺在我們護士的懷中，平安的走了，激動的哭聲從團員中傳開。把亞咪放回床上，洗乾淨，換上一套新衣服，在哭聲中我們關上亞咪睡了兩天的房間的木門，走出來，在黑夜的星空之下，一步一步走向竹棚搭建的聚會所，那裡正有五、六百位村民等待著同樂晚會

的開始。

我忽然明白了，在印度的德蕾莎修女為什麼會得到諾貝爾和平獎，讓一個飽經憂患病苦的靈魂，在臨終之前得到愛的照拂與永生的盼望，是一件多麼神聖寶貴的事。

張大媽，盡情的哭吧！

在泰北的日子，老覺得自己是一個虧欠深重的人。

「三十年來從沒一次看到這麼多由祖國台灣來的同胞，」我們的手被他們緊緊的握著：「我們真高興，好像見到了自己的親人一樣。」

在永泰、在美斯樂，一群十五、六歲的孩子一直緊緊跟著我們，他們有些父母雙亡，有些家在緬甸，逃亡出來以後與家中親人完全失去聯絡，四、五年來在山林村落中憑著一雙手賺取自己生活所需。

「要好好用功唸書！注意自己的身體健康！希望你們將來能到台灣來唸書。」我們所能給他們的只是這一點安慰鼓勵。

當我們離開美斯樂的前夜，他們前來看我們辭行，幾個女孩忍不住哭了起來。15歲來自緬甸的永慶勇敢的站出來勸大家不要哭。記得在永泰的時候，他每天晚上都舉著一盞氣燈送我們回到住處，然後再一個人走一大段山路回去，真是一個勇敢善良的男孩子，沒想到他勸大家不要哭，忍不住自己卻哭得比

誰都厲害。我知道他們痛哭的不是即將離去的我們，而是多年來在缺少父母愛護照顧之下的一種對親情的孺慕渴望的發洩。

在萬養，我們住在一位退職的張師長家，使我們多日來在各處奔走的辛勞，因為得到良好的休憩一掃而空。張太太很少講話，常常站著或坐在旁邊看我們這一群人在她家中進進出出。當我們要離開萬養前往賀肥時，她仍然站在玄關口看我們搬行李、穿鞋子準備離去。

「你們不要這麼快就走嘛！」她用雲南話小聲的說：「我捨不得你們走！」

團員們走過去想安慰她一下，沒想到她竟無法控制的一個一個抱著大家哭起來了。我知道，她哭的也不是我們這群匆匆的來又匆匆的去的年輕人，她哭的是多年離散的同胞愛，以及那股深不可測、抑壓多年的民族情感。哭吧！張大媽！盡情的哭吧！讓您思親思鄉的眼淚，喚醒我們沉睡已久的中華民族的同胞意識。

在泰北時時有危險，最令我佩服的是一些由外地來的宣教士，選擇了貧窮、苦難、危險的泰北作為他們獻身之處。如來自香港的馬小芸、朱昌；來自美國的林郁華以及由台灣去的王季雄、王敏雯夫婦；還有生長在當地的許多傳道人。他們不顧性命安危長期住在那些村莊中，與苦難的羊群同受一切的危險與威脅，並且能超越一切在這些充滿苦難的村莊中成為愛心與安慰力量的中流砥柱。

在永泰，一位幫我們送信至孟芳聯絡行程的陳先生，在任務完成的當天回家洗澡後，在家門口忽遭槍殺。我們聽到這個消息時都莫知所措的愣住了。一個熟人的死使我們驚覺到死亡的危機其實一直埋伏在我們附近。那天早上，我與他們在一起為這件事禱告，好幾個人都哭了，而且哭得很傷心。

然而禱告後他們把眼淚一抹，決定一早啟程往發生事故的大端去，即使是死亡等在前頭，他們仍然決定非去不可。我終於明白了什麼叫做「活著的殉道者」，我要永遠向他們致敬。

第一個有醫生護士接生的孩子

我們在滿老胡時，周大叔及何永生送來一個妊娠中毒即將生產的婦人。

「她的前兩胎都是死產，」周大叔對我說：「去年復活節她準備受洗時，她的哥哥把她從受洗池中扯著頭髮拖了出來，當眾把她打了一頓，誰知道過了不久，她一言不發的又坐到教堂中去了。」

在醫護人員的忙碌準備下，一個可愛的小男孩出生了，母子均安。在她生產的過程中，我們正在教堂中舉行福音晚會，我的眼睛看著台下密密麻麻的好幾百人，耳朵卻豎得直直的，一直緊張的在聽後面小房間中的動靜，忽然一陣嬰兒的啼聲從竹片中傳出來，我立刻趴在竹牆上向門內直呼：「怎麼啦？怎

麼啦？」

「男胎，母子均安！」一陣掌聲從台下爆出，大家都好興奮，周大叔對我說：

「這是滿老胡建村以來唯一有醫生護士接生的嬰孩，因為她愛神、敬畏神，所以神給了她這種福氣。」

後來在永泰，聽說當地人生孩子是由產婦握住一根竹竿，站著生產，生產後由鄰居用一把薄竹片切斷臍帶，就好了。而今竟有這麼多醫護人員替她接生，比在台北生產還要豪華，難怪他們要一再告訴我們：

「因為她愛上帝，所以上帝也特別愛她。」

泰北的故事是說不完的，而一次泰北「送炭」的行動只不過是杯水車薪。然而，星星之火，可以燎原，即使是一絲炭末，我們仍然珍惜它最後的光熱，而且我們也深深相信，即使是一絲炭末，聚在一起也會發出綿延不絕、溫暖人心、溫暖世界的愛的能力。

永懷孫越 公益典範溫暖人心

　　當時「送炭到泰北」成為社會矚目的焦點，更由於孫越的熱心參與，其他演藝人員也競相投入，掀起全國演藝人員送炭到泰北大義演。

　　回想第一次跟孫越見面，是在宇宙光「送炭到蘭嶼」的愛心籌款義演，他在陶大偉的邀請下來參加演出，表演兩人拿手的〈朋友歌〉。由於是義演，我順手從宇宙光的書攤上拿了一本《探索者的腳蹤》送給他以示感謝。沒有想到這本書竟然成為建立我們多年深厚友誼的一座穩固橋樑。孫越在受浸決志成為基督徒的見證會上，舉起這本書對觀禮的人說：「這本書解決了我百思不得其解的人生難題。」

　　而我與陶大偉的結識是因吳陳素蘭師母引介，協助連絡安排他母親的追思聚會，之後常與陶大偉談到生命價值意義及信仰。陶大偉成為重生的基督徒後，曾寫了封道歉信給孫越，坦承自己對多年老友仍有忌妒爭競之心，請求孫越饒恕原諒，在

計較名利得失至為正常的演藝圈，這封信令孫越大為震撼，對孫越日後歸信基督，影響深遠。

1982年的第一次送炭到泰北醫療農技工程服務團進入泰北各村莊，展開深入而具體的服務工作，我將它記錄在〈淚眼斑斑泰北送炭行〉一文中，還有許多相關報導收錄在《鄉音千里》一書。孫越就是在讀了這些報導之後，決定投入「送炭到泰北」的活動。

1983年初，有一天孫越忽然慎重其事的對我說，希望參加宇宙光泰北送炭團，到泰北去為難胞服務，當時他手中夾著香菸，在沒有人抽菸的宇宙光小小的辦公室內吞雲吐霧。我勉為其難的對他說，因為在泰北接待我們的團體都是教會，由於基督徒認為身體是聖靈的殿，不可毀傷，所以聖經對抽不抽菸雖然沒有懸為屬禁，但教會人士都不抽菸，如果他一面抽菸、一面參加宇宙光送炭福音活動，恐有不便之處。

原以為他會知難而退，沒想到孫越立刻答應願意遵守團體紀律，決不抽菸。幾經協調安排，孫越成為泰北送炭團的團員之一，並積極的做著各種分配的工作，在我們當中什麼事都肯做，毫無怨言，沒有大明星架子。

但在出發之前，孫越忽然病倒了，是嚴重的輸尿管結石。原以為泰北之行是去不成了，我要他好好養病，可是孫越堅定表示，過幾天再自行趕過去與送炭團配合。

到了約定的日子，孫越竟然真的趕來泰北，並十分興奮的

從簡便的行李中拿出了導尿管等藥品設施，對我們說：「沒關係，別替我擔心，我帶來了導尿管，準備緊急時使用呢！」

看著他臉上的笑容及興奮之情，我心中急得半死。在泰北邊境山區，不要說醫院，連半個醫生的人影也找不到，而且我們每天要背負行李裝備，一個村莊一個村莊的趕路，如果孫越中途病發，不知誰能救他；還有，因為環境特殊，我們的行程遭遇了不少困難。於是我立刻召聚全體團員，為孫越的健康、也為我們整個行程舉行了一次特別祈禱會。

我聽到孫越在上帝面前的禱告，令我感動不已，他說：

「上帝啊！祢知道我好愛這些泰北的同胞，所以我來了，不顧生死的來了。求祢為我們開路，除去一切的阻難。現在我們大家都沒有什麼辦法，只好把一切交給祢，求祢賜給我們力量去幫助這些我們愛、也需要我們去愛的人。」

在禱告中我們聽見孫越抽泣的聲音，大家也都因為他迫切的禱告及愛心，感動得眼淚直流。

那一個半月的行程非常辛苦，山路難行、衛生條件惡劣、水土不服、工作勞累，我們的團員雖然大多是身強體壯的小伙子，卻一個一個輪流病倒，結果沒問題的只有孫越一人。

一直等到回到台北以後，孫越才跑到醫院去檢查。不料醫生十分驚訝，他原來的毛病竟然全都好了，孫越也跟我們歡天喜地的述說這個「神蹟」。他是一個不喜歡有特別神蹟發生的人，但是卻親身經歷這個神蹟，因此常常津津樂道。

孫越抱病前往泰北，與難民村兒童合影。

藝人朋友在孫越的號召下參與送炭活動。

年輕時的孫越。

與受邀參加義演的明星合影。左至右：孫越、溫梅桂、陶大偉。

泰北之行結束後，孫越就常抽空來宇宙光，也不知道宇宙光哪一點吸引了他，孫越來的次數越來越多，我們談話的內容也越來越深入而具有個人性。他向我說到很多心中的掙扎，毫不避諱述說心中的空虛；我也向他分享生活中的挫折，內心的矛盾及各種喜怒哀樂，並默默為他禱告，送給他一些宇宙光出版的雜誌書籍。

　　從泰北回來後不久，孫越因主演《搭錯車》榮獲金馬獎最佳男主角獎，成為影帝，可說是演藝事業的巔峰時期，我們都為他高興。然而就在此時，孫越毅然宣布一年只花四個月拍兩部戲，而要把其他八個月的時間奉獻給上帝，用以回饋社會。因為信仰使他的人生意義更為充實滿足，而泰北之行使他的人生觀有了完全的改變。

奇妙的戒了菸　成為最佳代言人

　　記得是1984年4月20日，孫越在六龜拍片的休息時段，正瀟灑的掏出一支菸準備點上，忽然一節經文從他心中冒出：「凡事都可行，但不都有益處。凡事都可行，但不都造就人。」（哥林多前書十：23）這句似乎很平常的話，卻使孫越心靈震動，立時收菸入袋，決定戒菸。當孫越激動的從路邊電話亭打電話告訴我：「我戒菸啦！」我聽他細訴原委，知道這次戒菸是真的，因為不是憑自己努力，而是上帝在他心中動了

孫越60歲生日。左一為公益活動搭檔陳淑麗。

在周聯華（中）、夏忠堅（右）、鄭家常（左）
三位牧者按手差派下，獻身成為公益宣教士。

送發票給孫叔（1992年）。

孫越與陶大偉。

善工。果真從那天開始，孫越沒有再碰過香菸，並且成為最有影響力的戒菸代言人。

1989年，孫越59歲，因宇宙光事工信耶穌已十五、六年，在宇宙光韓偉廳，經周聯華牧師、夏忠堅牧師、鄭家常長老三人按手差派，獻身成為投身社會文化、「只見公益，不見孫越」的宣教士。

從那時開始，孫越一改從前追求名利享樂、隨意自在的生活習慣，一變而為嚴以律己、寬厚待人；簡樸生活、滿足喜樂。他信主以前，喜歡炫耀名牌名車，引為樂趣；信主後竟改乘公車奔走各地，不以為苦；為求守法見證，過馬路必走斑馬線，繳納稅款，絕不逃漏；忙碌勞累仍參與宇宙光終身義工工作，還自封為「宇宙光廁所所長」，並在廁所公開張貼告示，請求使用者共同維持公共衛生。有一次，他甚至親手撿拾小便斗中的菸蒂，並且親筆簽名，寫下溫馨告示，請求使用者共維衛生。他做這些大小事情，一切自然流露，毫無做作勉強，令人佩服感動，終身難忘。

2011年10月25日，在總統府舉行的「中華民國建國一百年聯合授勳典禮」中，馬英九總統親自為宇宙光終身義工孫越配戴二級景星勳章，當年八十多歲的孫越從國家得到肯定，我們心中也充滿了與有榮焉的感恩！

孫越將他的人生下半場貢獻給社會公益，選擇「愛就是在別人的需要上，看到自己的責任」，不只豐富了他自己的生

馬英九前總統（右）親自為孫越配戴二級景星勳章。

命，更幫助了許多人！細數孫越曾經推動的公益活動：捐血、
戒菸、安寧照顧、器官捐贈、失智老人、青少年與弱勢兒童關
懷……不同的年齡層，都看得見孫越的身影！

在授勳典禮上，孫越分享道：「22年前，我跟著宇宙光的
總幹事林治平教授一起送炭到泰北，那時的我帶著兩條導尿管
和一個月的藥，到泰北服務那些落後的居民。因著當地醫藥缺
乏，當我看見一個孩子就在我的面前死去，我忽然覺得生命是
如此脆弱……如今，我感謝社會上還是有許多默默付出的人，
感謝許多公益團體，讓我有機會付出自己的棉薄之力！」

宇宙光何其有幸，能在孫越一生生命逆轉的關鍵時刻，使
孫越在演藝事業到達至高、人生信仰墜落低谷無法自拔時，因

著宇宙光事工的及時陪伴，走出陰霾，迎向陽光，成為一位「只見公益，不見孫越」的全職終身義工！

當宇宙光財務困難時，他呼籲社會大眾要幫助默默耕耘不求回報的公益團體度過難關；當宇宙光需要他代言公益活動時，他挺身而出、盡心竭力、奔走呼籲；當同工遇見生命中的狂風暴雨時，他寫簡訊關懷、不時在心中牽掛⋯⋯凡此種種他在宇宙光所留下的痕跡，都讓我們感佩、尊敬與刻骨銘心！

也許有人會問我們：「宇宙光事工的果效在哪兒？是什麼力量促使你們拚盡一切、奔跑向前？」我們的回答很簡單：「感謝主，賺到一個孫越就夠本了，何況還有許多許多的孫越在那兒等著我們呢！」

2018年5月1日孫越回到天家，我知道他早已預備好了，我們的天父也早已為他預備好天上最美好的天家居所。在生命的舞台上，孫越一直盡情揮灑著他自己的生命角色，落幕了！真的落幕了嗎？不！不！不！我相信孫越這場人生舞台的大戲，會在世人和天使面前繼續隆重上演。

送炭到晨曦　拾荒夫婦捐地建村

　　上帝早就在我們的心靈深處，設置了一座蘊藏豐富的愛礦，只要挖掘愛礦的意念與行動一開始，便會發現愛礦源脈深遠寬廣，當你歡欣鼓舞，以為在獨自奔跑時，會發現在你的前後，不知何時忽然湧現出一座座愛的礦藏。

　　就以1988年的母親節送炭活動為例，那是宇宙光第一次以晨曦會福音戒毒工作作為送炭對象，那時我們已然累積了十一年的送炭經驗，一切該做的都已經竭盡心力的做完了，可是回應似乎不怎麼熱烈，距離我們盼望籌措的一甲土地，更是遙不可及，毫無希望。母親節過後，我們清理善後，覺得又勞累又有一種說不出來的惆悵與遺憾，這種怪怪的感覺一直驅之不去，直到一天早上我接到那通不可思議的電話。

　　「感謝主！」電話那頭的聲音又大又急，我知道一定是晨曦會的負責人劉民和牧師：「有人要奉獻一塊山坡地──三甲地！」

三甲？有沒搞錯？是我們期望中的三倍，差不多有一萬坪，天哪！是哪一位財主會捐獻這麼大一塊地？

來自苗栗的「大財主」 家中堆滿雜物

懷著好奇的心，我們驅車前往苗栗，進到那位捐地的何先生家中時，我第一個感覺就是趕快逃出來。何先生的家中凌亂不堪，到處堆著十幾個大大小小的電視機，但卻沒有一台是可以看的；桌上地上，也堆滿了亂七八糟的雜物。

房間內沒有人，我們在院子裡看到了何先生何太太，他們的院子裡遍地都是鵝毛鴨毛，院子中間有個鋁盆，何先生何太太就坐在盆邊的小凳子上，正在一根一根的撿著鵝毛鴨毛。我們站在那兒，不知該怎麼辦，也不知道說什麼話才好。何先生何太太從凳子上站了起來，一副靦覥不知所措的樣子，並以罕見的羞怯對著我們咧開嘴傻傻的笑著。他們盪過水漬爛泥走了過來，瘦小黝黑，像犯了錯的孩子般一直對我們說抱歉。

「對不起！對不起！」他想伸出手來與我們握手，卻又很快的收了回去，「家裡太髒了，我們家很少有客人來的。」

就是這樣的人奉獻了三甲土地！一對克勤克儉、終身以資源回收為職業的夫婦奉獻了三甲土地！

我遲疑了一下，跨步上前伸出了我的手，何先生似乎愣了一下，隨即把雙手在衣服上擦了擦，用兩隻手一把握住我的

手。那是一隻怎麼樣的手啊！我好像一下子被歲月的刻痕及血汗辛勞的厚繭刺痛了，站在身材比我小一號的何先生面前，我忽然覺得自己好渺小。

「我的國語不流利，閩南話也似乎不太靈光，習慣用的是客家話。」

「不好意思！不好意思！」他的國語一聽就有濃厚的客家口音，「亞（也）沒什麼啦！一塊地留下來亞（也）不能吃，亞（也）不能穿，而人一躺下來，亞（也）只要那麼一塊小地方就夠了。算不得什麼的啦！」

他說得好自然、好灑脫，我看到他心中湧流而出的愛礦，不知道為什麼竟然好想哭。何太太站在我旁邊，不怎麼開口講話，只是臉上的笑容好像刀刻過的痕跡，深深的浮現在她臉上，揮不掉、也擦不掉似的。

「感謝主！」她說：「感謝主！這是我們歡喜做的。」

他們夫婦的故事感動了許多許多人，使「送炭1990」的工作從一開始就獲得了各界人士熱烈的迴響，凱悅大飯店慨然同意參與協辦，無條件提供新落成的表演廳以及其中價值昂貴而齊全的一切設備外，飯店的總經理戴毅先生看到何先生後說：

「比起何先生，我們所做的實在微不足道，我的心中非常感動，凱悅飯店決定要將正式開幕典禮的賀禮撥出一半作為回應，我們並且誠懇請何先生夫婦到凱悅來住一晚，作我們的貴賓。」

記得剛與凱悅接觸時，飯店十分擔心赴會的人是不是能穿著整齊高級，以免影響飯店的格調，如今戴總經理卻打開凱悅最高級的房間，接待一對撿拾資源的鄉下人。

結果卻很有趣，何先生夫婦說什麼也不肯去凱悅住那一晚。

「我承擔不起的，」何先生在凱悅大飯店舉行的送炭慈善演唱會上說：「這個地方太大了，我住進來會怕，睡也睡不著，這裡的地板這麼亮，我在這兒連掃地都不會掃！」

就是這樣的人捐了三甲地，是不是有些不可思議？

「感謝上帝，」何先生說：「我的兒女都比我聰明，都讀了大專，會自己養活自己，他們也很高興我們把這些地捐出來。我們覺得很榮幸。」

看到兩位純樸勤儉的鄉下老人站在台上，許多人都哭了。當時的財政部部長王建煊在送炭的記者會上，十分感慨的說：

「我剛剛捐了一萬元，本來心裡有些暗罵那些有錢人為什麼不多捐點錢，可是看到何先生這樣的人都能捐出三甲地，我就要反過來自己罵自己了，我不該再多捐一點嗎？」

溫馨演唱會　為了愛不怕獻醜

王部長的想法也正是許多人的想法。所以那年的送炭響應的人非常多。除了在凱悅飯店舉行了兩場大型的母親節送炭演

正在整理鴨毛鵝毛的何連基先生，他的家裡堆滿回收的破舊物品。

何連基夫婦與劉民和牧師。

送炭1990記者會，孫越與陳淑麗宣佈捐款帳號。

送炭1990溫馨演唱會結束尾聲，致贈募款所得予晨曦會劉民和牧師。

唱會以外，我們也在宇宙光韓偉廳舉行了六場小型的溫馨演唱會，邀請分散在各種行業中平常從不演唱的人擔任演唱節目，其中不乏各界知名人士，看到他們熱心的參與、認真的排練，令人感動不已，他們自嘲的形容自己是一群為了愛不怕「獻醜」的人。

東吳大學楊其銑校長說，他已有五十年沒有獨自一人唱過歌；交通大學阮大年校長唱到一半時感觸不已，不禁淚灑會場，不能盡唱；中國輸出入銀行理事會主席白培英先生雖曾練習多次，但到正式獻唱時卻無法與伴奏完全配合。他笑了笑坦然的說：「音樂不夠，溫馨十足。」結果全場與他一同齊唱電影《真、善、美》中的插曲〈小白花〉，充滿了愛的溫馨；中華顧問工程司的范大陵抱病而來，根本唱不出聲音，有人開玩笑的說，如果他肯唱一首歌，願出一千元。范大陵果然抱病登場，聲明「賣唱」，希望唱一節有人捐一千元，共襄盛舉。然後打開歌本，逕自唱起聖法蘭西斯的「祈禱」那首歌：

使我作祢和平之子，在憎恨之處播下祢的愛；

在傷痕之處播下祢寬恕；

在懷疑之處播下信心。

主啊，使我少求愛，但求全心付出愛。

歌聲末了，一位聽眾傳出來一張捐獻單，上面寫了50萬，並且當場將她身上所有的7,000元現金悉數捐獻。當然我們沒有請范先生唱五百節詩歌，但是我們知道，愛真是一首永遠唱不

完的詩歌，不是嗎？

在那年的溫馨演唱會中，周聯華牧師也是應邀擔任演唱的人士之一。活動前，我們特別打電話提醒這位年屆七十依然忙碌不堪的牧師，怕他忘了這個聚會。

沒想到他在電話那端很快的回答：

「不會忘記的，當然，還有『炭』，我也會帶一點來的。」

後來我們輾轉聽說許多周牧師的至親好友，或曾經受惠於他、心懷感恩的教會朋友，為了慶祝周牧師的七十大壽，決定要為他祝壽。周牧師卻對這些熱心的親友表示，因為有些特別需要，希望他們改送現金。結果這些朋友湊足了20萬元現金，再加金牌一塊，同表祝賀。

周牧師收到這份賀禮後，決定自己出錢把金牌買下，一共有26萬元，全部捐獻作為送炭之用。當我們輾轉聽到這個消息後，心中又興奮又感動。

期望的日子終於到了，周牧師的親友來了不少，大家都是盛裝前來。周牧師穿了一襲白色西裝大禮服，自帶伴奏，顯然是經過了多次排練，有備而來。他站在台上，慢慢的講述自己一生奉獻，為神、為國、為人的心路歷程，有血有淚，真誠動人。

「我今年正好70歲，回顧一生，充滿感恩，如今我是愛台灣這個地方，也愛台灣這裡的人。我一生服事上帝，毫無積

白培英主席。

阮大年校長。

溫馨演唱會上，
一群為愛不怕獻醜的人，
帶來炭灰炭末，
令在場觀眾淚眼模糊。

周聯華牧師。

范大陵長老（左）。

蓄，然而當我的一些好朋友知道我有這個感動時，他們就湊了一筆錢交給我使用；後來又聽說何先生竟然捐了三甲地，大家深受感動，結果使我今天能用周聯華這三個字，開出了我一生中最大面額的私人支票，這是我幾十年前蒙召出來奉獻傳道時從來沒有想到的事。」

會場的氣氛突然凝聚，周牧師從西裝口袋中拿出支票，親手交給劉民和牧師，叫他宣布支票數字。

「100萬！」

劉牧師的話聲末了，一陣驚呼帶起了熱烈的掌聲。大家一時不知該說什麼話，周牧師仍然站在台上，伴奏的姐妹指尖一轉，彈出了〈我寧願有耶穌〉那首歌：

> 我寧願有耶穌，勝於金錢，
>
> 我寧屬耶穌，
>
> 勝過財富無邊……

淚水由許多人的眼中奔流而出，啜泣的聲音隱隱可聞。一位年老的退休牧師，捐出了1990年送炭活動中最大的一筆款項。

這種愛的連鎖反應的故事多得不得了。挖掘愛礦就是這麼令人興奮，挖到一個，你就知道一定會一個接一個的被挖掘出來。在送炭的活動中，我們看見的，不是現金錢財的多少，而是源源流動的愛礦，那正是今日人類社會所最需要的。

浪子回頭 福音戒毒結實纍纍

　　1988年宇宙光母親節送炭活動，是第一次以晨曦會福音戒毒工作為送炭對象。

　　我會關注戒毒防治工作，最早是因1970年代末期吸毒問題日益嚴重，從美國到香港、到台灣，日漸成為社會問題。當時我在中原任教，我們向政府申請研究經費，帶著心理系學生研究台灣的戒毒工作，安排學生們去了解台灣戒毒中心的狀況。

　　學生們實地了解後，做出報告的結論是：戒毒沒有達成功效。因為戒毒者在戒毒中心時可以戒治毒品，但是出了戒毒中心後，在門口第一件事情就是想買毒品。當時我看到這些報告，覺得很難過。

　　這時聽說香港戒毒工作做得很成功，因此我向亞洲高等教育基金會申請了一項研究計畫案，到香港去做調查，希望能作為台灣的參考。但我到香港去訪問了醫院、戒毒所，訪問了一大圈，竟然發現跟我們在台灣所做的研究結果一樣，就是戒毒

沒有用，這些人身在戒毒所裡時說要戒毒，但一離開戒毒所，第一件事情就是去找毒品。

從吸毒者到助人戒毒的牧師：劉民和

正在愁煩的時候，有人告訴我，香港有兩個基督教的機構做得很好，就是香港的晨曦會及互愛團契。我當時想，既然已來到香港，不妨去了解一下，因此前往晨曦島訪問，那是我第一次見到劉民和牧師。

那時劉牧師剛剛戒毒不久，正在島上學習參與戒毒工作。我乘坐專用船到晨曦島，一到岸邊，我就看到他全身黝黑、穿著短褲、打著赤膊、又粗又壯，站在岸邊歡迎我。

「哈利路亞！One Way Up！」我的船靠近時，他就伸出右手、翹起大拇指，對我大喊了一聲。

「對！One Way Up！除了耶穌以外，別無拯救！」我就這樣回應。

初相見的這一幕，我感覺到，劉民和牧師是很豪爽、很有江湖氣息的人。

在島上許多戒毒的人中，他會說一口流利且不帶廣東腔的普通話，對只會聽一點廣東話卻完全不會講的我來說，實在是太重要了。原來劉牧師從小在香港調景嶺長大，曾在台灣讀大學，難怪他國語說得這麼流利。

香港晨曦島福音戒毒中心。

劉民和牧師（右）在香港晨曦島時期。

「我13歲開始在香港混黑社會，15歲開始吸毒。」他一開口就把我嚇了一大跳，站在我面前這個粗壯的小子究竟是誰？

「我的母親是香港調景嶺一所小教會的傳道人。我滿月的時候便在教會中受了洗，但是在我十二、三歲的時候，因為交友不慎，開始逃課抽菸，初二以後，就經常逃家不歸，四處遊蕩，並且加入了黑社會。」英文名字西門（Simon）的劉民和說到這兒，停了一會繼續說：

「在黑社會裡有一句話：『不吃白粉，不像大哥。』我在15歲時開始吸毒，上癮之後，沒有白粉根本就不能活，只要能夠使我得到白粉，什麼事情我都願意去幹，我也曾經嘗試過各種可能的戒毒方法，但是每次戒完，很快的又再次去吸毒。

「我初中畢業後，曾經為著戒毒被多次送到台灣，因為在台灣不易獲得毒品，而且禁毒法十分森嚴，我只得以鎮定劑藥丸來代替白粉，並且常酗酒。雖然在台灣時沒有吸毒，但只要一回香港，一下飛機，兩條腿就那麼自自然然又走到九龍城寨的白粉窩裡。

「記得最後一次，我又被父母送到台灣，為了抵制毒癮的痛苦，我只得拚命的吃興奮劑，有一次服了興奮劑，昏頭漲腦的從高高的樓梯上跌了下去，牙齒脫落，牙床崩裂，血流不止，如此一日一夜未曾甦醒，要不是被我妹妹發現，送醫急救，那一次就必死無疑了。

「媽媽得知我受傷住院的消息後，和我的弟弟特別從香港

趕到台灣去看我，母子見面，只有相對哭泣，卻無計可施。後來，我在台灣也實在無法待下去了，只好再回香港。媽媽見我如此墮落，每日以淚洗面，為我祈禱，一有機會就勸我相信耶穌，認罪悔改。

「我實在厭煩不堪，就對母親大聲吼著說：『什麼耶穌！什麼禱告！煩死我了！講什麼愛我、愛我、愛我，還不如給我50塊錢，讓我去買白粉。』

「我爸爸是由大陸撤退到香港的軍人，我在黑社會混、吸毒，早已把爸爸的心傷透了。有一天爸爸終於對我說：『你走吧！再也不要回來！就當我們劉家沒有你這個兒子。』甚至於我自己也開始認定我這一輩子是完了，永遠沒有希望了。

「在我走投無路的當兒，我聽到了陳保羅牧師曾幫助不少的道友脫離苦海，而且聽說他戒毒的方法是：『不靠藥物，不憑己力，只靠耶穌』，讓我覺得更為驚訝好奇，在無路可走的情況下，我決心作最後的一搏。

「終於，我見到了陳牧師，他什麼藥物也沒有，只是拿起他的聖經對我說：『嗨！西門，送你一節經文：福音本是神的大能，要救一切相信的。』（羅馬書一：16）

「當時我真懷疑，這樣就可以把毒戒掉了嗎？但是我反正無路可去了，於是在1979年7月15日，我第一次來到晨曦島。那天進來之前，我痛痛快快的吸了個夠，所以在晨曦島的第一天，一點困難都沒有，但到了第二天早上，毒癮發作，真是痛

苦極了。這時有一位戒毒成功的道友，站在我旁邊為我禱告，並且不停的對我說：『若有人在基督裡，他就是新造的人，舊事已過，都變成新的了。』（哥林多後書五：17）不僅自己禱告唸聖經，也要我開口禱告。

「說也奇怪，以前我戒過許多次毒，都沒有像這次這種感覺，於是我也誠心的向上帝開口禱告，求祂開恩可憐我。就這樣，我竟然平安的度過了痛苦的難關，而且更重要的是，我清楚知道在我心靈深處，一種奇妙的改變發生了！

「我發現忽然之間，有一股新生命的能力從我生命的內層湧流而出，我是一個新造的人了，上帝賜給了我一個新生命。這種新生命的感覺實在太甜蜜了。從前我陷身白粉之中，無法自拔。如今毒癮連根拔除，毫不心動；從前我心靈空虛，沒有真正的朋友，如今常覺圓滿充實，有許多心靈深交的同工朋友；從前我怨天尤人，不能面對實際，現在我努力追求上帝的旨意，在每天的生活中滿有力量；從前我一遇患難，就憂愁焦慮沒有快樂，如今我迎向一切的艱難，靠著耶穌，心中常得安慰……」劉民和這樣說著他的生命故事。

晨曦會的輔導與全人理念相符

晨曦會不只是幫助人戒毒，更是幫助人重新做人，使求助者成為一個新造的人，然後活出新人的新生命。

我在香港調查訪問期間，接觸到一大批這樣的新人。看到了這些「新人」的見證，我真不敢相信他們就是從小身陷黑道、吸毒搶劫、反叛社會的那一批人。這些傢伙想當年那麼兇悍，會把刀子插在桌子上威脅人，今天竟然悔改，變成有愛心、謙恭有禮的紳士、神的僕人。他們邀我去開會時，一定開車來接我，還服侍我上車，客氣到我都覺得很不好意思。

　　那時我寫了好幾個戒毒者的真實故事，引起很多迴響和重視，那些人其實本性都很可愛。我還寫了一個死刑犯在獄中信主的見證，他在行刑前寄了一張彩色照片給我，說是若寄上黑白照片，怕將來在天國相見時我會認不得他。現在回想，接觸晨曦會與寫下他們的故事，我覺得很激勵。這些故事能夠衝撞到一個人的心靈最深處，是最大的意義。

　　仔細觀察晨曦會的輔導模式，與全人理念有許多相符之處。晨曦會以信仰為主導，輔導吸毒者戒癮。在戒毒村一年半的治療，重建求助者的人生觀，給予求助者生命的終極意義，告訴他們生命是上帝所賜，是極其尊嚴且有價值的，使這些求助者因為享有上帝的生命，靠著上帝可以活出新的、榮耀的、快樂的生命。

　　晨曦會輔導的終極目標是一個人的養成。輔導幫助一個人找到自己在天、人、物、我之間的地位與角色，使求助者回復人的形象與人的本質，只有這樣才能徹底而根本的解決人的問題，使人活在有尊嚴、有自由、圓融美滿、幸福快樂的人生

中。

　　晨曦會中的工作人員，特別是陪伴求助者走過脫癮階段的工作人員，多半都是戒毒成功的人，甚至有些人雖然仍在戒毒途中，就出來陪伴另一批新的求助者。

　　這與宇宙光事工所強調生命碰到生命的輔導模式有相同的觀念，就是「一個人陪伴另一個人，讓兩個人越來越是人，活出豐盛的生命」。

　　劉民和戒毒後，曾在陳保羅牧師的安排下到美國進修，當時有人以高薪工作要他留在美國，還有人叫他留在美國做傳道人，但他讀聖經時讀到：「西門，西門，撒但想要得著你們，好篩你們，像篩麥子一樣，我已經為你祈求，叫你不至於失了信心，你回頭以後，要堅固你的弟兄」後，決定回到晨曦島，幫助更多戒毒的弟兄們認識主耶穌。

　　晨曦會的戒毒者，以前簡直就是兇神惡煞，你對他再好，他都可能以後拿刀子來對付你。他們曾經反叛過、打架鬧事，入監不只一次兩次、吸毒更是無數次，有些人甚至坐了十幾年的牢；有人的父母為了避免他們再吸毒，就把他們關在籠子裡。在不吸毒的人看來，簡直不可思議。

　　可是這些失落的人，一旦跟神相遇了，會完全變成另一個人，變得非常恭敬、謙卑、有禮貌。晨曦會的同工包括劉民和，以前都是吸毒者、混黑社會、販賣毒品、砍砍殺殺，劉民和自己的手腳都曾被砍，但是他後來完全轉變，愛心的接納吸

毒的人，饒恕赦免仇敵，生命中展現的愛心包容，令人感動不已。

戒毒之前，劉民和曾和黑社會產生毒品糾紛，被仇家帶到山上砍殺幾乎要死，那時他心中想著，君子報仇三年不晚，總有一天也要讓仇家見血。

可是當他信主以後，他花了很長時間去找這個仇家。找到時，這個仇家年事已高，還以為劉民和是要來尋仇，沒想到劉民和竟然跟他說：

「上帝愛你！我願意跟你做朋友！」

一開始，仇家不相信，到後來終於被劉民和感動而接受。劉民和還幫助仇家的女兒讀書、收她做乾女兒，照顧她到讀書畢業。這個過程極為動人。

引進晨曦會福音戒毒來台灣

當年訪港，很快的，我跟晨曦會的人成為好朋友，並邀請劉民和一起去泰北，我說：

「擒賊要擒王，泰國就是鴉片菸的大本營，我們一起去泰北了解狀況！」

劉民和到了泰北，看到吸毒者的慘狀，深有所感，看到那些吸毒者已經窮得不得了，所有家當僅剩一張破蓆子，他們竟然躺在破蓆子上呼嚕呼嚕的抽毒菸。看到這種景象真的會覺得人怎麼這麼可憐？這樣還算人嗎？真的就是去人化了，完全不

像人了。

那次參訪泰北，更加強了劉民和要成為傳道人的決心，所以後來劉民和終於決定要成為傳道人，我跟他說：

「現在到處都有戒毒宣教，晨曦會若願意派人來台灣進行戒毒宣教，我們會盡我們的可能，來幫助你們。」一開始這只是私底下的談話，沒想到1984年，有一天我接到劉民和的電話：

「林哥，我們來了！」

「你們來了？什麼意思？」我說。

「陳保羅牧師把我們兩個家庭派過來了！」他們來到台灣，事先沒有告訴我。就這樣，晨曦會在台灣的工作就此展開了。

那時候沒有人知道劉民和是誰，他那時也還不是牧師，看起來就是一副壯壯黑黑的樣子。我就只好帶著他到處跑，跟他說：

「從現在起這一段時間，我所有的講道你都跟我一起去，我講道你就作見證。」

劉民和就這樣跟著我去各處作見證，讓台灣逐漸認識他們，後來到處都邀請他分享見證。這樣一個曾令人人頭痛、家人傷心、父母絕望的劉民和，如今變成台灣反毒戒毒工作的先鋒戰士。看到這些改變，我心裡感到很值得。

1984年9月晨曦會派劉民和牧師來到台灣後，宇宙光曾發動了好幾次送炭活動呼籲各界支持晨曦會的工作。1989年晨曦

劉民和（左一）參與「送炭到泰北」，
看到吸毒者的慘狀，深有同感。圖為同
去的醫療人員。

劉民和牧師夫婦（右一、二）與江得力牧師兩家人，初來台灣時。

2013年獲頒總統文化獎。

會成立財團法人,我擔任董事,從第三屆開始擔任董事長,與其他董事們一起成為同工們的最強後盾。

過去三十多年來,晨曦會福音戒毒的工作,就這樣由宇宙光送炭活動引進台灣後,以全人生命培育為終極目標,在晨曦會總幹事劉民和牧師全身心靈的帶領、投入事奉下,繁花茂果、結實纍纍,事工見證影響遍及台灣各地、港澳新馬、中國大陸及美加澳英國等地。近年更積極推展傳承二代、三代同工計畫,培育成功戒毒者更進一步成為戒毒工作者,或教會牧者。

晨曦事工延伸海內外

1990年，劉民和因從事戒毒工作，熱心協助輔導吸毒的人戒除毒癮而當選全國好人好事代表，接受盛大表揚，並且在總統正式召見的時候，被推派為好人好事代表的代表，在總統座前代表所有好人好事當選人致辭。

2017年，劉民和牧師獲選為首屆「垾璘台灣奉獻獎」得主，得到新台幣三千萬元獎金。我知道他對於金錢，毫不動心，他所看到的不是覺得自己辛苦這麼多年、終於得到世人的認同了，而是分文不取，拿到獎金馬上就全數捐給晨曦會作為福音戒毒事工發展之用。

劉民和牧師率領福音戒毒者從事反毒戒毒，不辭辛勞，奔走各地，為主打拚可說是不顧性命，在全世界各地建立戒毒者的見證。在他的身上，我們看到了「愛他，就是不要放棄他」這句話的明證。

恤孤憐貧　伯大尼傾力培育兒少

　　伯大尼兒少家園的前身，是「小婦人」英國宣教士艾偉德（Gladys Aylward）在1957年設立的艾偉德孤兒院。

　　記得我還在讀高中或大學時期，艾偉德的故事就深深吸引了我的注意。首先是她那本引人入勝的傳記回憶錄《小婦人》，再加上由英格麗・褒曼（Ingrid Bergman）飾演艾偉德的電影《六福客棧》，使得初信主不久的我，被艾偉德不顧一切困難險阻，在日本人的侵略威脅下，堅持前來中國，進入窮苦邊緣的地區，單槍匹馬從事育幼關懷、文化社會、宣教佈道工作的精神，深深感動。

瘦弱女子　成就大事

　　為什麼上帝會揀選一位身材如此瘦小、出身貧困、僅僅擔任幫傭婢女的弱小女子，來到中國，完成這麼多不可能的工作

呢？在一連串質疑不解中，我終於親眼看到且認識了這位傳奇人物。

就在上個世紀五〇年代，她毅然決然放下了原本可在英倫享有盛名、平靜安逸的退休生活，來到一個當時動盪不安、危機四伏，但卻有上帝呼召她前往的台灣，進入偏鄉山區，從事恤孤憐貧、搶救靈魂的工作。

她放下一切，全心全意陪伴著她從貧窮落後、戰火雲煙中搶救出來的孩子們，居無定所，但卻始終堅定不移的憑信心陪伴著他們，並且深深的愛著他們。伯大尼育幼院的各項事工，從那時開始，在艾偉德孤軍奮戰、辛勤耕耘下，逐漸奠定基石，樹立楷模。那個時代，從書中、從電影中、從實際的接觸中，我親眼看到了這位身材瘦弱、喜歡穿旗袍的英國小婦人艾偉德，帶領陪伴著她所領養照顧的一大群孩子，無私的獻出她生命中所有的一切。這就是伯大尼育幼院在台灣開始的濫觴。

二次大戰以後，展望會的創辦人美籍宣教士鮑伯‧皮爾斯（Bob Pierce），看見全世界處在戰火、貧窮中的兒童，他為孩子們而心碎。有著相同的理念，展望會對艾偉德所帶領的兒少事工，也盡力支持協助，於是將位於木柵的會址，先是無條件供伯大尼育幼院共同使用，後來更無償捐贈給伯大尼育幼院。

我和伯大尼的淵源，可溯及我還是學生時。當時與我同教會的長輩應家秉夫婦擔任伯大尼育幼院執行董事及院長，使得我有更多機會去伯大尼當義工，尤其是我在政大讀研究所三年

期間，伯大尼更是常去的地方。

　　1973年，在中原大學任教的我回應上帝呼召，成為宇宙光創始時期的義工，在現代人高喊「人不見了」的潮流中，參與「找人」的宣教工作。而奇妙的是，從一開始就積極投入參與宇宙光事工、長期出任宇宙光董事長的修澤蘭姐妹（又稱修先生），同時也全人全心以義工身分投入伯大尼育幼院事工，並長期出任伯大尼董事長。因為這個緣故，我自然的對伯大尼的各項事工有更多的參與了解。

　　後來在修先生的引薦之下，我於1990年加入伯大尼董事會，成為伯大尼董事之一。修澤蘭離台後，我在2003年被推選為董事長，擔任董事長直到2020年。因此在伯大尼的相關事工中，宇宙光也自然而然參與其中，將近五十年。尤其在宇宙光歷年舉辦的「送炭」活動中，育幼院兒少關懷工作自然也成為宇宙光關注的重點工程。

　　我被推選為董事長時，當時伯大尼的土地上只有幾棟舊房子，我覺得這麼大一塊土地可以更善加利用，否則對於受幫助的人來說空間不夠，也頗感辛苦。於是我提出興建樓舍的構想，改善使用空間，並且讓這棟樓成為青少年養育、培育、教育中心。因此我們向政府申請改名，把伯大尼「育幼院」改名為「兒少家園」。

　　兒童少年家園所收容的不是孤兒，而是未來的人才，兒少家園便是未來人才的培育中心。我們希望他們在伯大尼接受好

的訓練，將來可以到不同的地方貢獻所長，成為國家社會可用的人才。

興建兒少家園　成為公益福音園區

我將這個構想在董事會提出來。伯大尼的董事會成員，是來自不同兒少事工團體或學校機構，有感於近年來學校教育及相關兒少成長、家庭發展、親子教育問題日益嚴重，伯大尼董事會及同工也深深感受到同樣的呼召異象，大家不約而同的思考，如何整合不同的資源力量，形成一個共通的平台，彼此配搭合作，共同協力完成上帝交付給我們的使命，所以董事會就通過了提案。

我們將這棟大樓命名為「來樓」。你不覺得奇怪嗎？為什麼會以「來」這個字稱呼伯大尼兒少家園這座新建的地下三層、地上十二層大樓呢？

首先，請看「來」這個字。「來」的偏旁部首是「人」，一眼看去，「來」這個字，是由一人獨撐、一橫一豎、拔地而起的「木」、左右各懸一人而組成，乍看之下，恰似耶穌在各各他山髑髏地身懸十架捨身救世的景象。

決定建造這棟大樓，起因於耶穌基督的呼召：

讓小孩子到我這裡來，不要禁止他們，因為在天國的，正是

伯大尼兒少家園外觀。期待這棟大樓成為台灣兒少福利的堡壘。

1 ─────
  2

1 來樓正面，可清楚見到
  「來」字。
2 夜幕低垂，「來」字發光。
  (江秀圈提供)

這樣的人。（馬太福音十九：14）

凡勞苦擔重擔的人，可以到我這裡來，我就使你們得安息。
（馬太福音十一：28）

而耶穌自稱祂來到這個世界的目的是：

人子來，為要尋找拯救失喪的人。（路加福音十九：10）

我來了，是要叫羊得生命，並且得的更豐盛。（約翰福音
十：10）

伯大尼兒少家園成立迄今六十多年，正當人類文化社會由
所謂的現代轉進到後現代的關鍵時刻，在上個世紀五〇年代追
求今生現世、科技物質享受的現代社會中，伴隨而來的卻是
一片失落失喪的哀哀呼求。難怪在現代人一片高呼追求存在感
的呼喊聲中，令人猝不及防、快速襲來的後現代，卻以更強大
的聲量，把苦苦追隨在後的現代人，一把丟進了「人不見了」
的後現代苦難中，成為一個不折不扣、失卻生命意義與存在價
值的後現代人。這種人只活在看得見、摸得著、想得通的現實
物質之中，一切物化的結果，人再也看不見自己，再也看不到
人。人不見了！
耶穌道成肉身，來到世間，尋找拯救失喪的人，對那些勞

洪善群董事長與江秀圈院長四處奔波，為伯大尼兒少家園開拓新局，不遺餘力。

苦擔重擔的人，祂一直發出慈聲呼喚：

「可以到我這裡來，我就使你們得安息。」

「來樓」矗立完工，昭然揭示：

「耶穌來了，救贖恩典，滔滔不息。勞苦重擔，曷興乎來；豐盛生命，源源供應。」

來樓，來嘍！

期待這棟大樓成為台灣兒少福利的堅強堡壘。

2020年洪善群長老接任伯大尼董事長，延請旅居美國30年

的兒童教育專家江秀圈姐妹回台擔任院長。江姐妹結婚多年膝下無子，曾有人勸她考慮領養一個孩子，她就回應「領養一個孩子，我還不如養一個育幼院。」沒想到過了不久就接到洪長老邀約擔任伯大尼兒少家園院長的電話，江姐妹覺得很奇妙，神真的給了她一整個兒少家園的孩子。

同時，她的夫婿原本擔任西雅圖愛樂樂團的首席小提琴手，目前已退休，他非常支持江院長在基督裡服事兒少家庭，而且陪伴江院長來台，在伯大尼擔任義工，上帝的安排真是奇妙。

神一步一步帶領，在洪長老及江院長奔走呼籲、傳遞負擔下，世界展望會「回家」搬進了來樓、天使心家族社會福利基金會搬進主恩樓。神帶領伯大尼成為第一個公益福音的園區，洪善群董事長結合政府、企業、教會的力量，期許伯大尼成為典範，未來能在台北市或是台灣其他地區興起更多的福音園區。

伯大尼兒少家園歷來主要工作是經營家庭式安置及心理諮商中心，目前江院長繼續帶領向兒少家庭事工宣教平台異象邁進，對兒童、青少年和家庭進行全人關懷，並開辦社區弱勢兒少關懷據點，及進行兒少事工的領袖培訓。願上帝賜福在伯大尼成長的兒少，以及陪伴兒少成長的服事者。

結語

●

傻瓜一世的人生

　　宇宙光的工作是從一無所有中開始的。想當年劉翼凌老先生創議籌辦宇宙光時，我才35歲，是一個戰戰兢兢、初入社會，沒有什麼社會經驗的人。初聽到高齡73歲的劉翼凌老先生談及創辦宇宙光的異象時，我的反應是一連串的「不可能！」而全心全力的反對。

　　然而劉老卻堅持「創辦一份福音預工性雜誌」是他從上帝領受的異象呼召。在他的堅持下，我也在晨更靈修時，讀到不知讀了多少次的五餅二魚的故事，在上帝的引領下，從一位充滿異議的反對者，一變而成為最早的參與者，一切外在的環境沒有改變，我幾乎是在一無所知、也一無所有的情況下，傻呼呼的投入這項我完全沒有經驗的事奉工作中。

　　老友馬國光（亮軒）先生在一次文友聚餐聊天的活動中，談到宇宙光的工作，曾大筆一揮寫下「傻瓜一世」四個字墨寶，說宇宙光的工作是一項「傻瓜事業」。他說得一點也不

錯，宇宙光的工作還絕不是一兩個傻瓜就能完成的事業，它必須是一大群傻瓜，不顧一切的投下，才有完成目的的希望。

「我們需要更多的傻瓜！一世、二世、三世傳下去！」老朋友在一起禁不住七嘴八舌的此呼彼應，大發高論：「現代人都太聰明了！」

服事就是經歷神蹟

宇宙光創刊至今，已經五十年了，是一個憑信心事奉的團體。我們深信，只要我們所做的是上帝要我們做的，那麼一切的缺乏，上帝必有充足的預備。記得有次被缺乏逼急了，只好到神面前撒嬌要賴說：「神啊！你知道，要命，一條；要錢，沒有！」上帝的回答快速而簡潔，祂說：「是的，你很笨，不知道1973年會發生世界能源危機，導致經濟崩盤，難道我也跟你一樣笨，不知道宇宙光創刊於1973年9月石油短缺能源危機首次爆發嗎？」

結果，宇宙光就在不斷經歷神蹟中度過難關，體驗到「服事就是經歷神蹟！」

到了1998年世界經濟衰退，宇宙光又經歷困境，一度發不出薪水，同工們中午只能吃泡麵充饑。

當時容耀老師剛加入宇宙光成為全時間同工，他看到同工們吃著泡麵依然可以歡喜快樂唱著歌、繼續拚命工作，還一個

好友馬國光的墨寶。

人當三個人用，他覺得很奇怪：

「吃泡麵有什麼好高興的？」

後來他發現「原來他們裡面有另外一個寶貝在！就是上帝！」容耀老師深受感動的這樣跟我說。這句話深深的在我腦海裡。

如今，五十年的歲月如飛而逝，五十年的經驗告訴我們，一點也不錯，人在上帝的工場上，真是又傻又笨，什麼也不會做。難怪聰明如保羅也要說：「因上帝的愚拙總比人智慧，上

帝的軟弱總比人強壯。」（哥林多前書一：25）一個真正服事上帝的人，很快就會發現，上帝所交付給他的工作，都是一些又大又難、人的能力根本不可能完成的工作。在任何危機時刻，你會忽然十分驚訝的發現，原來在人們絕望、決定放棄之前，上帝早已有祂妥善完整的預備，祂之所以被稱為「耶和華以勒」的神，是因為祂在命令安排做祂工作之前，早已預備好一切祂要做的事了。

只賠不賺　傻事一籮筐

嚴格說來，宇宙光的事奉是一條寂寞的路，投身宇宙光的人，若沒有八分傻氣，是無論如何也堅持不下去的。宇宙光的工作是一群執著於基督信仰的基督徒，在他們的生命祭壇上，情願燦爛焚燒生命的火祭，完成榮神助人的服事工作。宇宙光不僅有雜誌、《光譜》月刊，同時也出版各種類型的書籍、圖畫書，舉辦送炭愛心勸募，輔導協談，馬禮遜學園各項歷史活動，百人大合唱、愛心合唱團、師曠知音雅集國樂團等等，幾乎都是只賠不賺，但卻滿足填滿了許多缺乏人士需要的「傻瓜事業」。

五十年來宇宙光一直在做傻事，譬如說，1977年，我們覺得紀念母親節最好的方式就是激發愛心，鼓舞善意。雖然當時宇宙光仍然侷促在七號公園預定地一角，在一棟老舊漏雨淹水

的違章建築的一個角落內，我們仍然決定每年在母親節舉辦愛心「送炭」活動。這一送炭活動的對象先是在偏遠的山地外島、育幼院養老院，以及醫療救濟單位；後來，我們又傻到跑去蘭嶼，鼓吹成立蘭嶼雅美族原住民第一所幼稚園──蘭恩幼稚園。不僅如此，稍後我又一股子傻勁跑到泰緬香港海上難民營去，不僅自己跑去，且把一家老小──曉風及當年還是小寶貝的兒女也帶了去。我的理由好像也有點傻傻的：「去缺乏的地方，看看活在苦難中人類的痛苦，以及同胞的苦難，推動關懷難民、貧病缺乏者的需要。」從最初「送炭到泰北」、「送炭到蘭嶼」、「送炭到晨曦」、「建立天倫館」、「花蓮青少年學園」等，到如今常態進行的「送炭到兒少」、「關懷偏鄉弱勢家庭兒童」。我們藉由送炭活動，凝聚各界愛心，透過各地方熱心民眾的小額捐款，或是發票的募集，所募捐款與兌獎金額，專款專用。多年來，引起極大迴響，重建家庭價值並幫助弱勢兒童在心靈、知識、品格三方面的成長與茁壯。

過去五十年來，感謝上帝讓我有幸自始至終參與這一份傻瓜事業，尤其是以義工的身分介入其中，從來沒有期望從中獲得任何回收報酬。然而誠如《宇宙光》雜誌的標語所說：「探索生命意義，分享生命經驗」，宇宙光關心的是每一個人，因為每個人都擁有至尊寶貴的生命。人不僅是一堆物質的組合，人決不可受制於短暫有限的時間空間之中。生命是有尊嚴的、生命是有意義的，只有從這個生命的前提出發，才能達成生命

意義、生命價值的完成獲得。

　　宇宙光的每一件工作都是從尊重人的生命尊嚴、完成人的生命意義出發。想要做這麼大、這麼難的一件事，我發現唯一的辦法只有靠著一股知其不可而為之的傻勁兒，不斷的拚命付出，才能成功。在宇宙光五十年歲月的奮鬥，我們從來不問回收報酬，我們只問「該做什麼？應做什麼？」然後便全力以赴，專心投入。

　　宇宙光做的就是賺取生命的工作，我在宇宙光固然作了五十年的義工，也付出了不少生命中寶貴的東西。但是五十年來所獲得的生命回饋，親眼看到許多人，因著宇宙光的工作潛移默化，而產生生命終極意義的改變，我心中就充滿感激、深覺不配。付出生命，也賺取生命，當我還來不及為自己生命中所減少消失的東西悲哀嘆息的時候，看到生命的喜悅，燦然的在另一張臉上澎湃開展，我就樂不可支的忘了自己所有的付出。你說我們傻嗎？其實一點也不傻。如果想要活出傻瓜一世的人生理念，跨越艱難、歡然前行，我們必須有一個比事業成就、權勢錢財利益更大的人生價值觀，引領在前，才能在忙碌、甚至缺乏苦難中，歡唱一齣又一齣生命的樂歌。

　　在上帝所賜的生命祝福中，求主打開我們的心靈，看到上帝所賜全人生命的豐盛圓滿，才能跨步向前，陪伴另一個人，並肩前行，共譜一曲全人生命的樂歌。

全人理念

數十年來，我在教育輔導及宣教事奉工作中所經歷體會的全人理念——天、人、物、我四個面向的意義與內容，分享如下：

GQ：God Quotient　上帝的商數

自有人類以來，只要有人的地方，就有人類尋求上帝的歷史遺痕存在。時至今日，科學昌明，物質豐茂，然而人對上帝的追尋卻絲毫不曾稍減。

上帝似乎是人類社會中看不見、摸不著、想不通、卻又必不可少的一種實存現象。只要是人，就會尋找上帝，上帝似乎是無所不在，卻又無處可尋，難怪談到GQ，總令人面有難色，不知該從何處入手。

使徒保羅曾說：「上帝的事情，人所能知道的，原顯明在人心裡，因為上帝已經給他們顯明。自從造天地以來，上帝的永能和神性，是明明可知的，雖是眼不能見，但藉著所造之物，就可以曉得，叫人無可推諉。」（羅馬書一：19-20）

上帝的存在，是上帝在創造計畫中，原本就已經完成、顯明在人心裡的，是人主體內在、先天具有、是人之所以為人的一種實存現象。然而上帝的永能和神性，雖說無可推諉，卻遠遠超越人的感官經驗所能體悟了解，是人眼不能見到、手也無法碰觸掌握的。

誰能證明上帝的存在？誰能證明上帝的不存在？當然，人類也可經由推論思考，從萬古洪荒、宇宙奧祕、生命現象，不得不承認上帝的存在。

　　為什麼只要是人，都在找尋終極信仰、膜拜宇宙神明呢？人怎麼知道有上帝？人要怎樣才能找到上帝？上帝在哪裡？GQ 何處尋？似乎是從創世以來一直困擾著人類、令人百思不得其解的一個根本問題。

　　在思想人與上帝的關係時，也許該先想想「究竟是人找上帝或上帝找人？」這個問題。創世記第一章第1節開宗明義已經向人類宣告：「起初，上帝創造天地。」

　　在一切時空存在之前，上帝先於一切存有而存在了。祂是一切萬物的始源者、創造者，一切萬物因祂而有。

　　在祂的創造設計中，祂用地上的塵土，以自己的形像與樣式造男造女，並且在人的鼻孔裡吹了一口氣，使他成為有靈的活人。而上帝是靈，所以拜上帝的必須用心靈和誠實才能拜祂。

　　人為何會尋求上帝、敬拜上帝？因為人之異於禽獸者幾希，這幾希之處就在於人被造之初就有靈，而上帝就是靈，所以人會必然的尋求認識那超越外在的上帝。

　　從聖經來看，不是人找上帝，人太有限、太渺小了，人永遠無法找到上帝，而是上帝來找我們。

　　所以，GQ 包含如下幾個要素：

1. 上帝是超然獨存、先於一切萬物、先於人而存在的；

2. 因此人無法找到上帝，人用經驗理性找到的上帝，比較像人，也許可以看得見、摸得著、想得通，但決不是上帝；

3. 人會尋找上帝，是因為上帝在創造人之時，就主動把祂的形像與樣式放在人的裡面，使人成為一個「有靈的活人」；

4. 以人的有限既然無法找到上帝，於是上帝道成肉身，來到世間，啟示、尋找、拯救。使人從罪惡沉淪中悔改獲救，恢復榮耀的身分，成為一個新造的人，見證上帝的豐富，活出上帝的榮耀。

一個擁有GQ的人，是一個擁有尊貴身分與生命品質的人，他的人生因而被上帝提升，活出尊貴、活出意義、活出價值。

耶穌12歲時就活出了一個「智慧（IQ）、身量（KQ）並上帝（GQ）和人（EQ）喜愛他的心，都一齊增長」（路加福音二：52）的豐美人生。

尋找GQ所需要的，首先是以信心接受上帝為你所預備好的一切，然後才能經歷認識上帝。

為什麼需要信心？信心是什麼？我在〈信心三重奏〉一文中，提到信心的內涵：

信心是什麼？

眼見為信（seeing is believing）？

想不通怎麼可能信？科學時代了嘛！理性至上，經驗第一，豈有信心的地位？

然而，有名的物理學家、數學家、神學哲學家、散文家巴斯卡（Pascal）曾如此說：信心有其理性所不能了解的理性。（Faith has its reason that reason cannot understand.）

信心是完全違反理性的嗎？不！其實信心、經驗、理性三者並不是截然分制、相互對立的三樣東西。

首先，我們必須用信心接受某項已經存在的事物。科學並沒有憑空創造任何東西，科學只是不斷的發現宇宙間早已存在的事實──我們稱它為「律」。萬事萬物依律運轉，不斷重演、永遠不變；當然，你會發現，任何律的重演不變性，是你首先要相信接受的科學原則。

這就是科學家必須深信不移的「自然劃一原則」（Principle of Uniformity of Nature）。他必須相信宇宙間的萬事萬物是有其規律、有其永恆不變的原則的。唯有合乎這些規律原則，我們才可預測萬事萬物的運行變化，我們才能掌握宇宙萬象的重演性，進而加以有計畫的觀察、記錄、分析研究，這就是科學。

所以就科學的研究而言，你必須先接受相信一些基本的前提、假設；從此出發，你才會得到一些經驗數據；然後，你才能運用你的理性思考，分類整理這些原屬凌亂的

經驗數據，得到一些新的原理原則；這些新的原理原則，可能又會成為你跨步向前、邁向新的領城、獲取新的經驗數據的起點，如此反覆循環、週而復始。人類科技的進步，就是這樣發展出來的。

信仰又何嘗不是如此？

相信有神，你就會產生有神的經驗。

神是靈，所以拜祂的必須用心靈和誠實來拜祂。而「信心是我們靈魂的眼睛，可以看見那些看不見的。」

信心就是接受且好好的享受上帝為我們的靈魂需要所準備的心靈盛宴。這一切的豐盛是上帝早已為我們準備好了的恩典。我們只需來到祂辛苦準備的生命筵席之前，暢懷享受，就獲得了無上快樂滿足的生命經驗。我們不需要知道滿桌佳餚是如何煮出來的，我們更無需重新奔走菜肆、洗切蒸煮；因為這一切都事先完成了，我們所需要的只是接受享受。我們也不需要成為一個營養學家，只要我們肯把這些菜吃下去，我們的經驗會告訴我們，這些菜是如何的美味可口、如何的富有營養，可以使我們長大成人。

難怪聖保羅要說：「我們越相信祂，就越能清楚明白祂已經除去了我們的罪，且以祂的良善充滿我們。」

在保羅的書信中，常以現在完成時態講述上帝的恩典，他說：

「一切上帝的恩慈，都已經傾倒在我們這些不配的罪

信心內涵的三重奏

人身上。」

　　所以，在基督裡的信心，讓我們來到上帝面前，相信、接受、享受祂已經為我們作成的一切善工；於是我們從此獲得了因信心而有的生命經驗；一步一步，當我們的信心日漸增長時，我們就越來越清楚明白上帝已經為我們做了什麼。

文載《我們正在寫歷史：宇宙光與陪伴華人
走進歷史文化的宣教士》，136-143頁

　　我也曾在〈知道與看見〉一文中提到，「看見『看不見』的看見」，就是信心，摘述如下：

一、知道不知道的知道

乍看這句話，會不會有點丈二金剛、莫測高深的怪異感覺？在一個凡事要求清清楚楚、明明白白的科學理性時代，知道每一件事的底細、想通每一件事的來龍去脈，有時幾乎已成為現代人——尤其是自詡為知識分子的現代人的一項基本要求，那麼什麼是「知道不知道的知道」呢？

名作家朱西甯先生曾寫過一篇文章〈恐怖的永生〉，他的夫人劉慕沙女士也翻譯過日本名作家菊池寬的一篇短篇小說〈極樂世界〉。這兩篇文章都討論到永生極樂世界。永生是什麼？看了這兩篇文章，這個問題就會更麻煩。永生是什麼？極樂世界是什麼？死後的世界是什麼？想來想去只有一個答案，就是：「不知道。」

也許你會勃然色變的說：「這麼重要的問題，豈一個『不知道』就可以搪塞過去的？不亦過分簡化問題、規避問難乎？」

其實我們一生之中，不知道的問題何其多也。而「死後」一問，永遠超越我們的經驗，無法用經驗中的事實來加以描述。同時任何人類傳遞思想經驗的符號，均限止在人類已有的經驗之中，都是一種有限傳達，無法窺其全貌。難怪禪宗要「不立文字、不落言詮」，以免產生了文字障了。

竊意以為人雖活於生死之間（屬於可經驗、可驗證的範圍），但是人之所以異於禽獸者幾希，這幾希之處便在乎人人均不以只活在可經驗、可驗證的範圍內為滿足。人，只要是人，且只有人才會窮根究柢探索生前（人從哪裡來？）、死後（人往哪裡去？）這些非經驗範圍內的問題。活著會思想的人，都還沒有死過，大概也不曾有一個真正「死過」又回來的人向我們陳述那死後世界的種種；就算有，他們的經驗也不是能夠重演驗證的，所以對死後的一切，最好的答案應是：「不知道！」

　　從基督教的信仰來看，「信耶穌，得永生」，是一個至高至美、至聖至善的境界，一切有關天堂的描述，只是用人所能體會的至高至美、至聖至善的符號意義來加以說明而已。切不可落入文字表面的描述之中。因此儘管讀盡一切經典中有關永生的天堂描述，我們仍然不知道真正死後的天堂、永生或極樂世界是什麼，那個境界遠遠超越我們一切的想像，更決不能圍限於我們有限的符號系統之中。

　　我們雖然對於永生或極樂世界的情景無法描述形容，但對永生或極樂世界的渴想卻是古往今來每一個人都有的經驗。我們還沒有死，還沒有進入「死後」，對自己絕對無法經驗的事物情景，也不可能有任何人能向我們描述，我只能用「不知道」三個字來形容。一旦承認自己「不知道」，知道自己「不知道」，我們就會有一種如釋重負的快樂，知

道「不知道」的「知道」，豈不是也是一種大智慧的「知道」嗎？

　　相傳希臘大哲蘇格拉底曾蒙神明召示，指其為世上最聰明的人，蘇格拉底初不相信，乃在矛盾中出發，尋訪智者。經遍訪各方人士之後，蘇格拉底才相信他自己確是世上最聰明的人，他的理念十分有趣，歸納如下：

　　「人雖一無所知卻不自知，反自以為知；而蘇格拉底雖一無所知卻知其不知，故較他人為聰明。」

　　原來「知道不知道的知道」竟是一項凡人所缺、智者獨具的智慧。永生如此，極樂世界如此，生命中的種種莫不如此。走筆至此，不禁三嘆，再寫下去就是一個不知道「知道不知道的知道」的大笨蛋了。

二、看見看不見的看見

　　談到看見，我們馬上會想到一句話：「眼見為信」。從十九世紀法國大儒孔德（A. Comte）提倡實證主義以後，「一切事物都要經過感覺經驗的驗證」，早已成為二十世紀現代人的信條。

　　「看見」是一種重要的感覺經驗，科學越發達，人類看見的能力越強。近視眼、散光眼、老花眼可以配戴眼鏡，改進「看見」能力，已是人人都能辦到的事。而科學家更可以利用望遠鏡、顯微鏡，甚至發射人造衛星，把人類的「看

見」推展至無限邈遠的太空。事實上，一切科學技術的發展，首在擴展人類的「看見」能力。

活在這樣的時代潮流中，我們很自然的會越來越相信我們所看見的一切，漸漸的我們會從「眼見為信」，更進一步發展成「凡是我沒看見的我都不信」。或者可以說：「凡是不能用感覺經驗驗證的，就是不存在的。」

從這樣的信仰前提出發，我們現代人就會變成一個凡事憑看見、憑感覺的人。其結果會使現代人變成一個只活在現世的、俗世的感覺世界（secular world）中的人。由於凡事只憑感覺、憑看見，我們竟然不知不覺的變成了只問今生現世、凡事要求物質享樂的所謂的「現代人」。我們的價值觀變了，我們只求看見，只求手可以觸摸到的、感官可以體會到的東西。我們變成一個為感官所限、活在物質肉體的感覺中的人。

所以現代人失去了理想、失去了盼望、失去了未來、失去了生命崇高的價值與意義，因為這一切都是肉眼看不見的，都是感覺經驗看不見的。以當前文化社會的各種怪異現象衡之，攘利惟恐落於人後，享樂但怕不如別人。

在各個不同舞台上出現的，盡是急功近利、眼光短淺的可憐蟲。使我們在一片開放民主、經濟繁榮的呼聲中，看不見希望，找不到方向，在醜惡的現實中，我們看見了人的貪婪自私，人的兇狠殘暴，人的痛苦掙扎，不知怎麼搞的

人變得如此不可愛，人生也不知為何變得如此的可怕。

我想這一切原因都是因為人只看見肉眼感官所能看見的，卻不能看見肉眼感官所不能看見的。

在人生的歷程中，有許多「寶貝」是我們無法用肉眼感官去看見的。明天是什麼？未來是什麼？除非我們已走到了明天、走進了未來，今天的我是看不見明天、看不見未來的。理想是什麼？意義是什麼？價值是什麼？美是什麼？愛是什麼？真理是什麼？都是我們看不見、摸不著的，但是在人生的旅程中，如果這一切只是因為我們看不見、摸不著便被我們徹底否認拒絕的話，人類的悲劇就會如影隨形馬上就要發生了。

所以我們需要一種「看見」，一種「看見『看不見』的看見」，「看見『看不見』的看見」，就是信心，聖經希伯來書說：「信就是所望之事的實底，未見之事的確據。」

有一本英文聖經的新譯本是這樣寫的：「什麼是信心？信心是某一件我們所期望的事即將發生的確切保證（confident assurance）；也是深信我們所盼望的某一件事，即使我們依然看不見它在我們的前頭，卻仍然相信它正在等著我們的那種把握（certainty）。」

有一位著名的畫家在畫一幅巨畫的樣稿上，寫了一句一直感動我的話。

「信心是靈魂的眼睛，可以看見那些看不見的。」

人有靈魂，人可以看見那些看不見的，這正是人之所以異於禽獸的「幾希」之處。

今天的現代人，把自己的經驗只停頓在看得見的東西上面，我很擔心，這不是進化論，而是退化論，人會在這種只求看見的文化下，越來越變得像一隻動物，一隻只活在本能衝動、物慾肉體控制之下的動物。

一個人如果有「知道『不知道』的知道」，便會謙恭自抑，追求真理不遺餘力；一個人如果有「看見『看不見』的看見」，便能超越物質肉體的限制，看到生命的意義、永恆的價值，然後載欣載奔的在生命的大道上馳騁飛躍。

文載《我們正在寫歷史：宇宙光與陪伴華人
走進歷史文化的宣教士》，136-143頁

KQ（Knowledge Quotient）知多少？

這是一個資訊發達、知識爆炸的時代，新知識如排山倒海般從四面八方湧流而來，加上教育普及、資訊網路密佈迅捷，生也有涯，而學海無涯，怎麼辦？

十六世紀初，人類使用新發明的望遠鏡，想要更多探索宇宙的奧祕時，有人想盡辦法要數算天上的星星究竟有幾顆，經過四百多年鍥而不捨的探索研究之後，到目前為止，仍

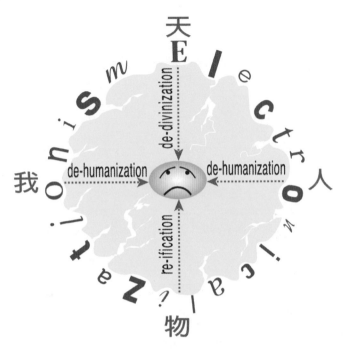

圖一 「去人化」過程中悲苦的現代人。

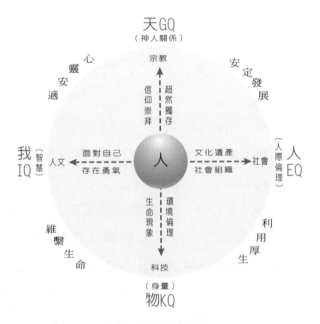

圖二 活在關係中的人。

圖三　美滿圓融人生整合的示意圖。

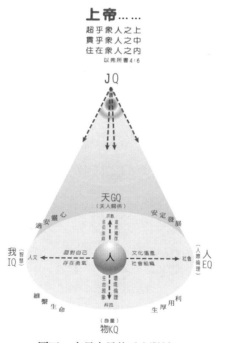

圖四　自足自具的天人關係。

圖五　找到全人關係定位快樂的現代人。

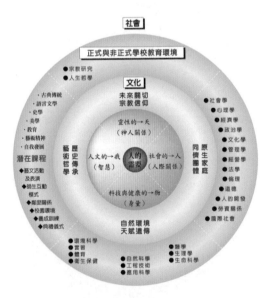

圖六　全人化生命教育的內涵。

無人能解。

現在已知，月球距地球僅1又3分之1光秒，如果人類的科技能製造一艘光速百分之一的太空船，往返月球一次需時5分鐘即可。然而，即便想用這種太空船探測宇宙，仍幾乎不可能。因為離太陽系最近的另一個恆星系統——半人馬星座（Centaurus），其距離竟然是4.3光年。也就是，就算能製造出光速百分之一的太空船，往返一次竟需時860年之久。

宇宙之大，大到令人完全不可思議。看來想要探測宇宙，以今日科技根本就絕無可能。古時大衛的詩中曾如此說：「我觀看你指頭所造的天，並你所陳設的月亮、星宿，便說：人算什麼，你竟顧念他！世人算什麼，你竟眷顧他！」（詩篇八：3-4）

難怪幾千年後，阿波羅11號的太空人阿姆斯壯（Neil Armstrong）在1969年7月20日人類第一次登陸月球時，竟然把這段話刻在板上，留在月球上以作記念。

七〇年代以後，太空科技又有飛躍的進步發展。尤其是1990年哈伯人造衛星望遠鏡發射升空之後，拍回來的太空景像圖片，更讓我們發現宇宙星空之祕，完全令人無法想像。

面對浩瀚的宇宙、知識的無窮，謙卑是人類唯一能做的事，也唯有謙卑，才能讓人心懷敬畏，向前繼續探索，才能更多窺探了解宇宙奧祕於萬一，因而更增加對宇宙奧祕的驚嘆敬

畏之情，這才是真正的KQ。

除了太空科技向我們揭示了一個大得不可思議的偉大宇宙外，近數十年快速發展的奈米科技則為我們打開了另一扇小得令人嘆為觀止的小宇宙。

現代人的日常生活中，到處都可看到奈米的蹤跡，1奈米等於十億分之一公尺，一根頭髮的直徑大約是30,000-50,000奈米。奈米如此之小，我們的眼睛看不到、手摸不到、也感覺不到，就只有使用高解析的顯微技術才可以看到它。如果把地球縮小為奈米尺寸的話，那地球大約只有一顆玻璃珠那麼大了。由此可知奈米尺寸是多麼的小。

美國知名的物理學家理查‧費曼（Dr. Richard P. Feynman）在1960年就說：追究到事物的底層終極，仍有很大的發展空間！（There's plenty of room at the bottom）

聖經也如此說：「耶和華啊！你所造的何其多，都是你用智慧造成的，遍地滿了你的豐富。」（詩篇一〇四：24）

諸天述說神的榮耀，穹蒼傳揚他的手段。這日到那日發出言語；這夜到那夜傳出知識。無言無語，也無聲音可聽。他的量帶通遍天下，他的言語傳到地極。神在其間為太陽安設帳幕：太陽如同新郎出洞房，又如勇士歡然奔路。他從天這邊出來，繞到天那邊，沒有一物被隱藏不得他的熱氣。（詩篇十九：1-6）

科學越發達，教人越認識上帝創造的奇幻奧祕、莫測高深；信仰越深入，越能領人虛懷謙恭、敬拜上帝。

　　真正的KQ使人認識自己，認識自己所處的環境，認識自己在天、人、物、我四個面向間的關係與定位。一個真正擁有KQ的人，是一個對宇宙萬象充滿無限好奇、無限想像力的人。真正的KQ是敏銳的觀察力加豐富的想像力加嚴密的邏輯分析而形成的。

　　可惜今天所謂的KQ，只剩下那些看得見、摸得著、想得通的物質經驗部分，只見樹木不見森林。今天的世界充滿了這種偏差錯誤的KQ，錯把看得見的物質世界，當作終極永恆真理，追求客體外在，抑制消滅內在感動、心靈呼喚，促使活在唯物驗證單面向潮流中的現代人，迷失生命方向與人生目標，活得越來越不像一個人，就是所謂「去人化」（dehumanization）現象。

　　從全人的角度思考，我們絕不否定KQ的意義及其重要，只是IQ、EQ、KQ、GQ之間，天、人、物、我四個面向如何取得平衡互動，才能勾畫出美滿圓融之人生，更為全人理念的核心價值所在。

　　我在〈太空科技時代的信仰與科學〉一文中，以多位太空人的例子，敘述在太空科技時代，科學越發達，就越能發現萬事萬物的複雜精細、博大深邃、奧祕莫測，就會令人更加敬畏上帝。摘述如下：

1961年4月12日，蘇聯太空人賈加林（Yuri A. Gagarin）駕駛Vostok 1號太空船，以每小時2萬7千公里的速度，費時89分鐘，環繞地球軌道一周後，人類歷史乃正式進入太空時代，賈加林也順理成章成為世界上首位太空人。

　　在返回地球以後的記者會上，賈加林趾高氣揚的宣佈：「我飛過天堂，沒有看到上帝，所以沒有上帝。」

　　世界有名的佈道家葛理翰（Billy Graham）聽到後，說了一個小故事以作回應：有一天，一條蚯蚓從克里姆林宮後院的草坪中鑽出地面，東張西望的四面尋覓了一陣，回到地下大聲對眾蚯蚓宣告：「我去過克里姆林宮，沒有看到赫魯雪夫，所以世界上根本沒有赫魯雪夫。」

　　在當時這種氛圍下，有不少活在所謂太空時代的現代人認為，在科學如此發達的太空時代，還有上帝存在的餘地嗎？

　　從賈加林以後，光陰如飛而逝，科學的進展成就，較之賈加林當年，不知道超越了多少，科學能找到證明上帝的存在嗎？不能！科學能否定拒絕上帝的存在嗎？也不能！因為科學的目的與功能，本不在證明上帝的存在或不存在。

　　有人說：「科學就是科學；信仰就是信仰。」然而，就一個基督徒科學家而言，卻能把這兩種似乎不在同一個領域

的東西，巧妙的集於一身。基督徒科學家的故事，在科學界司空見慣。僅以太空科技的發展歷史而言，就有許多：

1962年2月20日，美國第一位太空人格倫（John H. Glenn Jr.），駕駛友誼7號太空船，環繞地球三圈，完成太空之旅返回地球後，於1962年7月在《讀者文摘》發表"Why I Know There is a God？" 一文，強調太空艙在太空中航行，必須遵循上帝早已鋪設在天的軌道，太空人駕駛的太空船也必須在軌道的重力系統間運作，絲毫不可有任何差錯。

他說，太空科技探測的發展，並沒有在太空中增加什麼，人類的太空發展，只不過讓人更加體會到宇宙萬象早已存在的規律秩序。在他這次的太空旅程中，深深感受到這些肉眼看不到的軌道的牽引引導。

是誰設置了這些軌道？是誰管理這些軌道，使它恆定不變的運作？雖然他駕駛著代表美國科技、財富整合而成的太空船，但是如果沒有上帝，就沒有這些早已經設定的軌道，任他馳騁；如果沒有上帝，就沒有這些恆定不變的軌道，使他能夠安返地球。

三十六年後，高齡77歲的格倫，竟然在1998年二度成為太空人，再度投身參與太空探測之旅，這位資歷經驗超越常人的老太空人，在1998年11月第二度重返太空之後，面對宇宙穹蒼，浩淼無限，依然忍不住的大聲讚嘆：「太奇妙

了！教我怎能不相信有上帝！」

　　談太空探測當然少不了1969年7月20日的首次登月壯舉。從這次登月成功之後，有許多人震懾於科技的成就，更加熱衷於成為一個科學主義者（scientism），將科學局部的知識視為人類全部的知識；將科學有限的範圍視為唯一的境界；又常將科學相對的學說視為絕對真理，以為科學或科技可以解決一切問題而高唱科學萬能。

　　然而，真正登陸月球的太空人卻完全不是這樣狂妄自大、目空一切。阿姆斯壯自稱他以左腳踏在月球上的腳印只是「一小步」而已，然而這一小步，卻是人類歷史上的一大步。

　　而與阿姆斯壯一同登月的艾德林（Buzz Aldrin），在月表上兩個多小時的月球漫步照片，必然將永留史冊。這位艾德林是美國韋斯特長老會的長老，他在登月之後，曾在月球上領受從地上所屬教會牧師預備的聖餐，藉以表達虔誠敬意，紀念耶穌流血捨身。

　　艾德林在登月之後，曾在月球上向人類發出呼籲，他說：此刻，無論你在何處，請暫時停下來，回顧一下過去幾個小時所發生的一切，並以你們各人自己的方式，向上帝感恩吧！

　　他們所選讀，並且由三位太空人簽名，存留在月表上的經文是詩篇第八篇：

「我觀看你指頭所造的天，並你所陳設的月亮星宿，便說：人算什麼，你竟顧念他！世人算什麼？你竟眷顧他！……」

看來真正登陸月球的人和從來沒有到過月球的人確有不同；而真正的科學家與偽科學的科學主義者也真假立判，顯然可見。

緊接著登月成功不久之後，1970年4月11日阿波羅13號發射登空，發射不久後，就傳來機件故障遇險的消息。當時的美國總統曾因此公開要求全世界為三位太空人祈禱；當三位太空人脫險登上航空母艦後，他們立刻圍聚一處，脫帽向上帝謝恩禱告。這個動人的鏡頭，也透過螢光幕傳到世界各處。

幾十年來這幅代表科技的有限與人的謙遜的圖像，一直縈繞在我的腦海心際。而他們獲救的那天——4月17日，也被美國總統宣布為全國感恩日。看來即使科技再發達進步，人類在遭遇苦難災害時，還是會回到上帝面前，祈禱求援。

1971年7月31日，阿波羅15號太空人施高特（David R. Scott）及艾爾文（James B. Irwin）成為第四度登月的太空人。他們在月球表面駕駛耗資3,780萬美元的月球漫遊車，展開長達67小時的科學探測工作，被稱為「首次真正的月球探險」科學活動。

這一次重要的太空探測活動，成為太空人艾爾文上校一生的轉捩點。他在事後的演講中，回憶登月的經驗時說：

　　「……我與施高特一同駕駛月球車……在阿伯乃斯山火山口上採集到一塊創世石……這是月球上最古老的月岩。在月球上我感覺與上帝是如此接近，這是在地面上所沒有過的。……我的確是靠著大家禱告的力量完成使命的。上帝既然應許我安返地面，是要我與各位分享一個信息：上帝多麼偉大，人多麼渺小，上帝充滿了愛。我有獨特的權利看到上帝奇妙的創造。上帝在我身上有特別的旨意……要我對成人小孩男男女女傳講……上帝對外太空有如此周密精確的計畫，對每一個人的內太空（人心）同時有周全的設計……」

　　有了這層了悟，艾爾文於是向太空總署辭職，成為一位在世界各地辛勞奔波的傳教士。

　　1975年2月8日台北時間23時17分，美國太空實驗室第三批太空人在84天太空飛行之後，安全降落在太平洋上。這次成功的太空之旅，創下了多項紀錄，使太空總署的科學家們對探測外太空星系的未來，信心大增。

　　這次太空旅程中，有一位特別引人注意的太空人吉布遜（Edward Gibson），曾獲加州理工學院太空物理學博士學位，同時又熱心教會福音事工。

在回返地球後的記者會中，有人問他有關科學發展與聖經記載——尤其是與創世記所描繪的上帝創造之間有無衝突的質疑時，他的回答如下：

「兩者之間毫無衝突，因聖經創世記開宗明義的第一句話『起初上帝』，是告訴我誰創造了宇宙萬物（who created the world）；而科學告訴我宇宙萬物是如何被創造的（how the world been created）。以我們今天的知識來解釋創世記，不僅說得通，而且非常相符。

科學越發達，就越能發現萬事萬物的複雜精細、博大深邃、奧祕莫測，於是我便會更加驚歎震懾，更加敬畏上帝——宇宙萬事萬物的創造與管理者的智慧大能。」

難怪愛因斯坦要說：「科學無信仰是跛子；信仰無科學是瞎子」，科學與信仰，難分難捨！

文載〈太空科技時代的信仰與科學：天河拾貝序〉，
《找到生命中的大提琴：寫給特別的你》，103-120頁

IQ（I Quotient）新解

IQ 重不重要？IQ 當然重要。但是 IQ 究竟是什麼？難道 IQ 只是所謂的聰明、會讀書？如果只是如此，那麼 IQ 與 KQ 又有什麼差別呢？

然而，從全人教育的角度來看，我認為 IQ 中的「I」就是

英文字母大寫的「I」。我一直主張IQ是一種面對自我、接納自我的勇氣，也就是一個人坦然「是」自己的智慧。所以，我更喜歡說IQ是「I quotient」。

真正的IQ是什麼？

從早期西方的Diogenes找不到人，也找不到自己開始，經過數千年歷世歷代所謂的智者大儒苦苦追尋，時至今日，我們雖然可以發射太空船探測火星，企圖解開宇宙星空無窮奧祕；也可以探尋基因結構，嘗試解開生命密碼，企圖複製人類；或進入奈米世界，探測超微世界的隱祕。但生命是什麼？人是什麼？我是誰？我在哪裡？我在這裡幹什麼？我為什麼要幹這些事？生是什麼？死是什麼？這些最基本、最重要的生命問題，我們卻越來越曚曚然不得其解。

難怪從二十世紀六〇年代開始，人類的科技文明、教育思想、物質財富越來越豐富有餘，奇怪的是，失落的呼聲卻響徹東西，一連串徹底絕望的呼喊，在世界各個不同的角落，此起彼落的熱烈迴盪。

而進入二十一世紀以後的後現代，更高舉著沒有中心、沒有絕對、沒有真理、沒有上帝的大纛，使得只活在理性經驗、俗世今生中的現代人，成為一個不折不扣的單面向化、物化的人，這種人表面上看是一個享有物質豐富、充滿自信的人，骨子裡卻是一個心靈找不到歸宿、生命流離漂泊、無所依託的人。

一個不認識自己、不認識別人、不認識上帝、只活在物質世界中的單面向人，我們能說他擁有IQ嗎？

　　因此人必須先找到生命的方向與人生的目的，才能夠對週遭的情景與環境作出正確迅速而成功的回應；而經由這些正確迅速而成功的回應所獲得的經驗，才能形成正確的知識體系，供人學習擁有並且傳承不息。

　　這樣看來，要找到IQ，必須先找到自己與上帝之間的關係，聖經箴言九章10節說：「敬畏耶和華是智慧的開端；認識至聖者便是聰明。」

　　一個認識自己與上帝關係的人，也是一個追根究底認識人生命源頭、終極意義的人。

　　上帝對人的關係是一種愛的關係，上帝因其大能與愛，創始預備一切；人與上帝的關係則是一種信心接受的關係。上帝以祂的恩典大能，預備一切；人憑恃信心，接納享受一切。因此每一個人都是上帝所愛，是上帝獨特、唯一的創造。

　　在這種情形之下，人與人的關係就是一個愛人如己的關係，就是一個相互接納與尊重的關係。而當人與上帝的關係、人與人的關係確立以後，他面對自然萬物、宇宙乾坤自然會凜然肅穆、深情相傾。這種人當然不敢以征服宇宙、人定勝天的傲慢心態，對大自然任意破壞、予取予奪；他也不會獨霸資源、肆意揮霍，不知尊重分享。

　　一個有IQ的人是一個敬畏上帝、熱愛生命、接納自己、

愛人惜物的人，只有這樣的人，才是一個擁有真正IQ的人，才是一個真正的人，也只有這種人才是個真正擁有智慧的人。道成肉身的耶穌，在世三十三年的生命，就像一顆生命樹上初熟的果子，活出了全人豐盛生命的典範。

我一向堅持全人理念中的教育、輔導或宣教，都只有一個定義：「一個人陪伴另一個人，讓兩個人越來越是人，活出豐盛的生命。」

一個從事教育、輔導或宣教工作的人，他自己首先必須相信自己是一個認識享有全人生命的人，是一個享有碰到自己，找到自己生命經驗的人，這是全人生命教育的起點；由此出發，去尋找陪伴一些在生命歷程中困惑、迷失、甚至失喪的人。

這個歷程是一個碰到別人，找到別人──人碰到了人的過程，尋找陪伴者與被尋找被陪伴者都在這一個歷程中，經歷生命改變成長的喜悅與滿足，雙方共同攜手，歡欣鼓舞的邁向生命教育的終點──活出一個更豐盛的生命。

聖經出埃及記三章14節中，摩西問到上帝的名字叫什麼時，上帝的回答如下："I am that I am." 和合本譯為「我是自有永有的。」

換言之，一個人所具有的獨特本質中，有著一種他所獨具的特質，是不可取代替換的。人生在世，必須找到自己之所是，並且盡量完成己之所是，IQ的意義即是在此。

一個享有IQ的人，是一個享有上帝的形像與樣式的人，知道自己在天、人、物、我之間的獨特定位，並且快樂享有的活出自己來。由於這種人對自我獨特性的了解、尊重與追尋，他也能完全同理了解另一個人的意義、價值與獨特性，更因為具有對自己以及對他人獨特性的認識、尊重與了解，可以與自己和另一個人在同一條平行線上，發展人碰到了人的原級關係（primary relation）。

　　可見好的IQ建基於正確的GQ，也能因之發展出良好的EQ與KQ。由此可見擁有正確的IQ何等重要。

　　我在〈是與有〉一文中，論述過誠誠實實面對自己、完完全全接納自我、認識自己，「是」我所「是」，沒有什麼比這更重要的了，摘述該文如下：

　　　　莎士比亞在《哈姆雷特》劇中，曾用最簡單的英文，留下最難回答的問題：「**To be, or not to be, that is the question!**」分開來看，這句名言中幾乎沒有生字，簡短易讀；但合在一起，想要了解它的含義，卻又是難上加難。幾百年來，不知引起多少術業有專攻的「光頭學者」反覆爭論，相互辯駁。

　　　　什麼叫做to be？什麼叫做not to be？怎麼翻譯？的確是一大難題。

　　　　1960年代，著名的神學哲學家保羅・田立克（Paul

Tillich）寫了一本影響深遠的名著*The Courage to Be*。在那個存在主義高漲的年代，這本書的中文被譯為《存在的勇氣》，也有人譯為《生之勇氣》。

1996年，聯合國教科文組織（UNESCO）在巴黎會議發表一份宣言，認為教育的目的有四：

一、學以求知（Learning to know）

二、學以幹活（Learning to do）

三、學以相處（Learning to get together）

四、至於教育最高、最後的目的，教科文組織認為是：Learning to be .

Learning to be ?

什麼是Learning to be 呢？這個問題又難倒了一籮筐的專家學者。那次會議中，大會認定教育這四大要素，對當代快速發展的全球化、後現代化文化社會，是越來越重要的文化社會變遷現象。可惜活在後現代文化社會變遷中的現代人，我們受的教育仍然停留在傳統教育「學以求知」的第一個階段，而忽略其他三項教育要件的落實增強。使現代教育培育出來的人，在迎接面對後現代文化社會快速變遷的諸般挑戰時，難免進退失據，不知如何取捨面對。

難怪現代人享有看得見的物質豐富與滿足後，「人不見了！」（Dehumanization！）、「失落！」（We got lost！）的

呼聲此起彼落，遍地響起。在這種情形下，Learning to be 這個問題，就更引起現代人熱烈爭議討論，找不到標準答案。

學過一點英文的人都知道，be是一個永遠不變的「是」，中國人要求一個人必須「是」你所「是」，西方哲學家強調一個人「是什麼」比「有什麼」更重要，那麼「Courage to be」是什麼呢？「Learning to be」又是什麼意思？歸根究柢要問的，還是那兩個最簡單的英文單詞「to be」是什麼？

我是個愚鈍的人，喜歡把「to be」譯成「是什麼就是什麼」。所以「Courage to be」就是「是什麼就是什麼的勇氣」。一個人能夠「是什麼就是什麼」，需要極大的勇氣，這決不是一件容易的事。耶穌說：「你們的話，是，就說是；不是，就說不是；若再多說就是出於那惡者。」

由此可知，一個人如果真正能夠「to be」或「not to be」，的確是不簡單的事。

「是什麼就是什麼的勇氣」，其實就是一種能夠面對自己、完全接納自我的勇氣。這也是耶穌在約翰福音強調的「心靈和誠實」，是人來到全能的創造主面前的必備條件。這位創造主是全知全能全愛的，人來到祂面前，毋須閃躲掩飾，因為那是不可能、也不需要的。誠誠實實面對自己、完完全全接納自我、認識自己，「是」我所「是」，沒有

什麼比這更重要的了。

那麼，什麼是「Learning to be」？Learning to be 便是「學是自己」了。原來「是」自己是需要學的。世界上每個人的稟賦、資質、機遇各有不同，但是不管人的稟賦、資質、機遇有多大不同，他仍然是一個人。從「是一個人」的角度出發，天下眾生完全平等、完全等值。「Learning to be！」就是要我們學會面對「是一個人」的尊貴價值和崇高意義。從這樣的觀點出發，我們看重、求問、追索的「人是什麼？」這個問題，就是要求得一個人主體內在、與生俱來、永恆不變的終極價值與意義。這才是人權的根基、民主的柱石。

很可惜，今天很多現代人只知高呼人權民主的口號，卻完全不懂什麼叫做 learning to be，他們追求的只是一些浮現在外、可以看得見、摸得著、想得通的「東西」。他們看到的不是主體內在人的本身，而只是暫時附屬於人的那些看得見、摸得著、想得通的客體，充其量只不過是一些外在的「東西」而已。

有名的哲學家馬丁・布伯（Martin Buber）曾以「我－你」（I-Thou）與「我－它」（I-It）的理念模式解釋這個現象。什麼叫「我－你」？就是以主體的我這個人，直接碰觸到主體的你這個人，是人與人之間的一種關係。什麼叫做「我－它」？就是作為主體的「我」這個人，再也看不見任何

一個作為主體的他這個人，所看到的只是顯露在外，可以看得見、可以摸得著、可以想得通、附屬在人本體內在之外的一些「它」，「它」也許暫時屬於這個人，但是「它」決不是這個人。所以，一個只活在「我－它」關係中的人，是一個永遠不會認識自己的人，也永遠不知道自己是什麼的人。當然，也就更不能看見世界上還有其他稱之為「人」的物種存在。

難怪1960年代以後，有越來越多學者慨乎其言的悲歎，今天的人類是活在一個「去人化」的文化發展中了。如果我們今天的文化是一個「去人化」的文化，人都不見了，還奢談什麼人權民主呢？

平心而論，現代人的問題，追根究柢可以歸於現代人只看「人有什麼」，而看不到「人是什麼」。人似乎一直以來都習慣看「人有什麼」，而忽略「人是什麼」。其實這才是人類最根本的問題根源所在。所謂的「世俗化」、「物化」、「商品拜物教」，無不與此有關，大到人權民主，小到日常生活、待人處事，人對「人是什麼」與「人有什麼」的態度往往決定了一切。

小時候很多人都喜歡唱一首民謠叫〈沙里洪巴〉，其中一段歌詞是這樣的：

哪裡來的駱駝客，沙里洪巴嘿唷嘿！

瑪薩來的駱駝客，沙里洪巴嘿唷嘿！……

有錢的老爺炕上坐，沙里洪巴嘿唷嘿！

沒錢的老爺地下坐，沙里洪巴嘿唷嘿！

唱了很多年，只覺得這首歌旋律輕快，具有濃厚的民族風味，越唱越有味道。但是，仔細一想，會發現這種流行一時的民歌，傳達出來的價值觀依然是「人有什麼」勝於一切。

請問在這首歌中，主人是用什麼標準來看人？他是用什麼標準來招呼人「炕上坐」或者「地下坐」？他的標準是「有錢」與「沒錢」。事實上他沒有看見「人」進來，他是先看有沒有錢，再看後面那個人，「有錢」比「是人」重要得多。在錢的面前，人不見了，「有錢的炕上坐」，「沒錢的地下坐」，你說悲不悲哀？

難怪「Learning to be」要被聯合國教科文組織列為教育的最高、最後目的。

難怪田立克要寫下 *The Courage to Be* 這本書。難怪莎士比亞在四百年前寫下他那句十分簡單、卻又難懂，至終傳誦千古的名言：**To be, or not to be, that is the question！**

你知道你是什麼嗎？

你能、你敢坦然誠實的面對自己，接納自我嗎？

你有是你自己、是什麼就是什麼的勇氣嗎？

你的答案是什麼？

文載《宇宙光》雜誌2023年5月第589期

EQ之內涵：人碰到了人

有一個知名外科醫學教授的小故事，讓我的心深受感動：有一天，有一個重大的手術要進行，當一切準備妥當，手術即將開始，這位知名的外科醫學教授，手中拿著手術刀，用他銳利的眼光，掃視周圍每一個緊張但充滿欽佩之情的學生、助理們，緩緩問道：「此時此刻在這個手術房中，誰是最重要的？」

學生們有點措手不及、不知如何是好的互望了一眼，當然是主刀醫師最重要啦！

沒想到就在大家狐疑互望的一刹那，外科教授卻把手術刀指向躺在手術台上的病人，大聲說：「你們要永遠記住，在手術房中，病人永遠是最重要的。」

什麼是一個好醫生？學識淵博？技術高超？經驗豐富？這些當然重要，然而更重要的恐怕是醫生用什麼眼光去看待他的病人。他只是在醫病？還是在醫人？他眼中看到的只是一個又一個病例，千篇一律；還是在病例之外，他也能看到一個一個不同的病人？

自從1995年丹尼爾・高爾曼（Daniel Goleman）出版《情緒商數》（*Emotional Intelligence*）一書以後，連續一年半高居《紐約時報》暢銷書榜首，也被譯為四十餘種文字出版。近

幾十餘年來，EQ！EQ！響徹雲霄，人人趨之若鶩，但見芸芸眾生，小心翼翼運用課堂上習得的各種EQ技巧，當作手段工具，去求取自己的利益，去克「敵」致勝。

EQ只是一種處理情緒的技巧嗎？EQ只是一種處理人際關係的方法嗎？有人說EQ太重要了，EQ是一個人在人際關係、職場競爭中打敗對手、贏得成功的關鍵因素。EQ真的只是如此嗎？EQ到底是什麼？

EQ是什麼？EQ是一種人碰到了人的經驗與悸動：是一種典型的「我-你」（I-Thou）關係，這種關係是一種生命與生命相碰觸的的原級關係）；我與我、我與你直接相遇，沒有任何其他中間物的阻隔。

真正的EQ是出於對任何生命的尊重、對人生的熱愛；真正的EQ不是出擊攻打，而是愛心呵護；真正的EQ是一種永不疲倦的愛、永不放棄的盼望、永不改變的信心。

聖經形容耶穌對人的愛是一種「愛他們到底」（約翰福音十三：1）的愛，一個愛人愛到底的人，會處處為人著想，要他EQ不好也難。EQ不是為了求取得勝、成功；更不是為了擊敗敵人、排除異己障礙。真正的EQ是從人的尊嚴形象出發的。所以真正的EQ必然與IQ緊密相關。

人因IQ，有了「是自己」的智慧與能力，成為一個有本體獨特性的自我，這樣的人才能認定自我的意義與價值，活出自我、活出「是自己」的人生；這樣的人才能與每個「他者」的

本體獨特性，建立人碰到了人的原級生命關係，這才是真正的EQ。

一個有IQ的人是一個敬畏上帝、熱愛生命、接納自己、愛人惜物的人。這種人是一個找到了自我在天、人、物、我之間定位的人；是一個認識自我、認識人的人，也只有這種人才會看見自己、看見人。這才是EQ的基點、EQ的始源處。看不見人的EQ技巧，根本就是真正EQ的殺手。

記得有一次在一段推銷價格高昂、名牌手提袋的廣告中，推銷員大鼓如簧之舌鼓吹產品有多好之後，又加上了一段使我恍然大悟的經典論述，銷售員口沫橫飛大聲的說：「你買的不僅是一個手提袋，當你揹上這個手提袋時，你會發現揹在你身上的，不僅是一個手提袋，而是一種身分、一種地位。」

看著他眉飛色舞的說這一段話，我才明白一個名牌手提袋為什麼要賣那麼貴。在一個失去自信、失去自我評估、不知道自我獨特性與意義價值的現代社會中，揹一個價格昂貴的名牌手提袋在身上，對自己、對別人，都有抬高身價的特殊意義。在這種情形之下，自己或他人首先看到的，只是價格昂貴的背包，自己不見了，人也不見了，何等悲哀。

EQ的基點、EQ的目的必須是人。沒有人的EQ將會使人與人之間的明爭暗鬥更為慘烈兇狠。這些前提式的根本問題必須先予確立，談EQ才有意義。需知「錯誤的前提＋正確的推論＋狂熱的執行＝萬劫不復的悲劇」，豈可不慎？

耶穌說：「康健的人用不著醫生，有病的人才用得著。」（馬太福音九：12）在這個疾疫遍地、生意蕩然的後現代社會中，誰是生命手術室中那位聲名赫赫、學識淵博、技術高超、又能以病人為重的外科醫生呢？

　　我們需要EQ，需要看到人、看到以人為基礎出發的EQ。

　　而一個全人是一個擁有GQ、KQ、IQ、EQ四Q均衡、一齊增長的豐盛生命的人。

國家圖書館出版品預行編目 CIP 資料

傻瓜一世；林治平的生命故事
林治平 口述：田疇 整理
初版. -- 臺北市：宇宙光全人關懷, 2023.10
　面；　　公分
ISBN 978-957-727-624-7 (平裝)

1.CST：林治平　　2. CST：傳記

783.3886　　　　　　　　　　112014757

傻瓜一世
林治平的生命故事

口述	林治平
採訪	田疇、何健銘
整理	田疇
整稿協力	張蓮娣

總編輯	金薇華
主編	王曉春
責任編輯	張蓮娣
網頁編輯	王品方

發行人	林治平
出版發行	財團法人基督教宇宙光全人關懷機構
地址	106026 臺北市和平東路二段24號8樓
電話	02-23632107
傳真	02-23639764
網站	www.cosmiccare.org/book
郵政劃撥	11546546（帳戶：宇宙光全人關懷機構）

承印廠	晨捷文化事業股份有限公司
經銷商	貿騰發賣股份有限公司 www.namode.com
	電話：02-82275988

2023年10月5日 初版1刷
定價：550 元